CUENTOS DE

NATHANIEL HAWTHORNE

Austral Cuentos

CUENTOS DE

NATHANIEL HAWTHORNE

Traducción
Felipe González Vicén

Obra editada en colaboración con Editorial Planeta – España

Títulos originales de los cuentos: *The Ambitious Guest, Wakefield,*
Mr. Higginbotham's Catastrophe, David Swan, Dr. Heidegger's Experiment,
The Wedding Knell, The Great Carbuncle, John Inglefield's Thanksgiving,
The Minister's Black Veil

La primera edición de esta obra fue publicada en la colección Austral
de Espasa-Calpe Argentina en 1948

© de la traducción, Herederos de Felipe González Vicén, 1991

Diseño de la colección: Austral / Área Editorial Grupo Planeta

Ilustración de la portada: © Núria Just

Composición: Realización Planeta

© 2023, Editorial Planeta, S. A. – Barcelona, España

Derechos reservados

© 2024, Editorial Planeta Mexicana, S.A. de C.V.
Bajo el sello editorial AUSTRAL M.R.
Avenida Presidente Masarik núm. 111,
Piso 2, Polanco V Sección, Miguel Hidalgo
C.P. 11560, Ciudad de México
www.planetadelibros.com.mx

Primera edición impresa en España en Austral: junio de 2023
ISBN: 978-84-670-7022-4

Primera edición impresa en México en Austral: marzo de 2024
ISBN: 978-607-39-1089-7

Impreso en los talleres de Impresora Tauro, S.A. de C.V.
Av. año de Juárez 343, Col. Granjas San Antonio,
Iztapalapa, C.P. 09070, Ciudad de México
Impreso en México - *Printed in Mexico*

Índice

La ambición del forastero

Nuestra historia da comienzo un atardecer del mes de septiembre. Este día una familia se hallaba reunida en torno al fuego del hogar, alimentándolo con piñas secas, madera arrastrada por las torrenteras de las montañas y restos de árboles gigantescos que el viento había precipitado al fondo del barranco. El rostro del padre y el de la madre expresaban una alegría serena; los niños reían; la hija mayor era la viva imagen de la felicidad a los diecisiete años, y la abuela, sentada en el lugar más acogedor y haciendo calceta, era, a su vez, la imagen también de la felicidad, pero en el invierno de la vida. Todos los allí congregados habían encontrado un hogar en el lugar más siniestro de Nueva Inglaterra. La familia vivía en el desfiladero de las Montañas Blancas, donde el viento soplaba con violencia todo el año y durante el invierno arrastraba un frío despiadado que descargaba su inclemencia en la casa de madera, antes de descender al valle del Saco. El lugar donde había sido construida la morada de la familia era frío, y no solo frío, sino, además, sombreado por el peligro. Sobre sus cabezas se alzaba, en efecto, una montaña tan escarpada y agreste que las piedras se desprendían a veces y rodaban con estrépito desde lo alto, sobresaltándoles en medio de la noche.

La muchacha acababa de decir algo gracioso que había hecho reír a toda la familia cuando el viento que venía a través del desfiladero pareció detenerse ante la casa, sacudiendo la puerta con un lamento infinito antes de descender hacia el valle. Aunque nada de extraño había en ese fragor, la familia se sintió sobrecogida. Ya comenzaba a volver de nuevo la alegría a sus rostros cuando se dieron cuenta de que el pestillo de la puerta de entrada estaba siendo alzado desde fuera por algún viajero, cuyos pasos habían sido ahogados por el bramido del viento que acompañó su llegada.

Aunque vivían en aquella soledad, los miembros de la familia entablaban contacto a diario con el mundo exterior. El romántico paso del desfiladero es una gran arteria a través de la cual discurren constantemente la sangre y la vida del comercio interno entre Maine, a un lado, y las Montañas Verdes y las orillas del San Lorenzo, al otro. La diligencia pasaba siempre por la puerta de la casa y los caminantes, sin más compañía que su bastón, se detenían allí para intercambiar algunas palabras, a fin de que el sentimiento de soledad no los abrumase antes de atravesar el desfiladero o alcanzar la primera casa del valle. También el comerciante en camino hacia el mercado de Portland hacía un alto aquí para pernoctar y se sentaba junto a la lumbre algún rato más de lo habitual, si era soltero, con la esperanza de robar un beso, al partir, a la hija de la casa. El hogar de la familia era, en efecto, una de aquellas posadas primitivas en las que el viajero pagaba solo por la comida y la cama, recibiendo, en cambio, una acogida imposible de pagar con todo el oro del mundo. Por eso, cuando se oyeron los pasos del desconocido entre la puerta de fuera y la de la habitación, toda la familia se puso en pie, la abuela, los niños y las personas mayores, como si se dispusieran a dar la bienvenida a alguien de la familia con cuyo destino se hallara vinculado el suyo propio.

La puerta se abrió y dio paso a un hombre joven. Al principio, su rostro se hallaba cubierto por la expresión de melancolía y casi desesperación del que camina solo y de noche por un lugar abrupto y siniestro, pero pronto sus rasgos cobraron brillo y serenidad al ver la cordial acogida de que era objeto. Su corazón parecía querer saltarle del pecho hacia todos los allí reunidos, desde la anciana que secaba una silla con su delantal hasta el niño que le tendía los brazos. Una mirada y una sonrisa situaron enseguida al desconocido en un pie de inocente familiaridad con la mayor de las hijas.

—¡No hay nada mejor que un fuego así! —exclamó—. ¡Sobre todo cuando se forma en su torno un círculo tan amable! Estoy completamente aterido. El desfiladero es algo así como el tubo por el que soplan dos fuelles gigantescos; desde Bartlett me ha azotado la cara un viento huracanado.

—¿Se dirige usted a Vermont? —preguntó el dueño de la casa mientras ayudaba al joven a descargarse de una mochila que llevaba a la espalda.

—Sí, voy a Burlington, y todavía bastante más lejos —replicó este—. Mi intención era haber llegado esta noche a la casa de Ethan Crawford, pero en una ruta como esta un hombre a pie tarda siempre más de lo que pensaba. Sin embargo, mi decisión está ya tomada, porque cuando veo arder esta lumbre y veo los rostros

9

alegres de todos ustedes, me parece que lo han encendido para mí y que la familia entera estaba esperando mi llegada. Así pues, si me lo permiten, me sentaré entre ustedes y me instalaré aquí esta noche.

El recién llegado acababa de acercar su silla al fuego cuando se oyó fuera algo así como un paso gigantesco que rodaba por la escarpadura de la montaña acercándose con estrépito y pasando a zancadas al lado de la casa. La familia detuvo el aliento unos segundos, conociendo como conocían el ruido, y el forastero hizo lo mismo por instinto.

—La vieja montaña nos ha lanzado una piedra, para que no nos olvidemos de que la tenemos ahí, sobre nuestras cabezas —dijo el padre recobrándose enseguida—. Algunas veces mueve la cabeza y nos amenaza con desplomarse sobre nosotros, pero somos antiguos vecinos y, en el fondo, mantenemos buenas relaciones. Además, tenemos un refugio seguro aquí, al lado de la casa, para el caso de que, efectivamente, quisiera hacer realidad sus amenazas.

Y ahora imaginémonos que el viajero ha terminado su cena de carne de oso y que sus maneras francas y abiertas le han colocado en un plano de amistad con la familia, de manera que la conversación entre todos se ha hecho tan sincera como si el recién llegado perteneciera a aquel hogar agreste. El joven a quien el azar había traído aquella noche a la casa era de carácter altivo, aunque dúctil y amable; altanero y reservado entre los ricos y poderosos, pero siempre dispuesto a humillar su cabeza en la puerta de una cabaña y sentarse al fuego de los desposeídos como un hermano o un hijo. En el hogar del desfiladero encontró cordialidad y sencillez de ánimo, la penetrante y aguda inteligencia de Nueva Inglaterra y una poesía originaria y auténtica que los habitantes de la casa habían recogido de los picos y los desfiladeros, e incluso en el mismo umbral de su pobre morada. El forastero había viajado mucho y siempre solo; su vida entera había sido, podía decirse, un sendero solitario, pues la altiva reserva de su naturaleza le había hecho apartarse siempre de aquellos que, de otro modo, hubieran sido sus camaradas. También la familia, tan amable y hospitalaria como era, llevaba en sí esa conciencia de unidad entre todos sus miembros y de separación del resto del mundo que hace del hogar un recinto sagrado en el que no tiene entrada ningún extraño. No obstante, esa noche una simpatía profética llevó al joven instruido y de maneras refinadas a descubrir su corazón a aquellos rudos habitantes de las montañas, y su franqueza hizo que estos se confiaran a él con la misma sinceridad. ¿No es más fuerte, en efecto, el lazo de un destino común que los que tiende el mismo nacimiento?

El secreto del carácter del joven era una ambición altísima y abstracta. Era posible que hubiera nacido para vivir una vida oscura, pero no para ser olvidado en la tumba. Su ardiente anhelo se había convertido en esperanza, y esa esperanza, largo tiempo acariciada, se había transformado en la certeza de que, por insignificante que fuera su vida en el presente, el brillo de la gloria iluminaría su camino para la posteridad, aunque no quizá mientras él lo recorriera. Cuando las generaciones venideras dirigiesen la mirada hacia la oscuridad que era entonces su presente, apreciarían el resplandor de sus pisadas y se confesarían que un hombre de altas dotes había ido de la cuna a la tumba sin que nadie hubiera sabido comprenderle.

—Y sin embargo —exclamó el forastero, con las mejillas encendidas y los ojos llenos de luz—, todavía no he hecho nada. Si mañana desapareciera de la tierra, nadie sabría tanto de mí como ustedes: que un joven desconocido llegó un día al anochecer, procedente del valle del Saco, que les abrió el corazón por la noche y que se marchó al amanecer del día siguiente por el desfiladero sin que volvieran a verle. Ni una sola persona les preguntaría quién era ese joven ni de dónde venía... ¡Pero no! ¡Yo no puedo morir hasta que haya hecho realidad mi destino! Después sí; después, puede ya venir la muerte. ¡Yo mismo me habré edificado mi propio monumento para la posteridad!

Había un impulso tal de emoción natural bullendo sin cesar en medio de fantasías abstractas que la familia pudo comprender los sentimientos del joven forastero, siendo como eran tan lejanos a los suyos propios. Dándose rápidamente cuenta de lo ridículo de su actitud, el joven enrojeció por la vehemencia hacia la que había sido arrastrado por sus mismas palabras.

—Ustedes se reirán sin duda de mí —dijo, tomando la mano de la hija mayor y riéndose él mismo—. Seguramente piensan que mi ambición es tan absurda como si fuera a dejarme morir congelado en la cima del monte Washington, solo para que la gente de la comarca pudiera admirarme desde el llano... Y, sin embargo, a fe que quería un noble pedestal para la estatua de un hombre...

—A mí me parece —respondió la hija mayor, enrojeciendo— que es mejor estar sentados aquí al calor de la lumbre, contentos y serenos, aunque nadie piense en nosotros.

—Yo creo, sin embargo —dijo su padre, después de

unos momentos de silencio—, que hay algo natural en lo que el joven ha dicho; y es posible que, si mi cerebro hubiera seguido este camino, yo también habría pensado lo mismo. Es raro hasta qué punto sus palabras han traído a mi pobre cabeza cosas que a buen seguro no han de suceder nunca.

—¿Cómo sabes tú que no han de suceder? —respondió la señora de la casa—. ¿Puede el hombre saber lo que hará si llega a enviudar?

—¡No, no! —exclamó el padre, rechazando la idea con un tono de cariñoso reproche—. Cuando pienso en tu muerte, Esther, pienso siempre también en la mía. Lo que estaba imaginando era otra cosa. Pensaba que teníamos una buena granja en Bartlett, en Bethlehem, en Littleton o en cualquier otra ciudad en las proximidades de las Montañas Blancas, pero no donde estas estuvieran siempre amenazando derrumbarse sobre nuestras cabezas. Me hallaba en buenas relaciones con mis vecinos, y era nombrado juez municipal del lugar y enviado a la Asamblea General durante una o dos legislaturas, pues aquí hay mucho que hacer para un hombre sencillo y honrado. Y cuando llegaba a viejo, y tú también, podía morir tranquilo dejándoos a todos llorando en torno a mí. Una sencilla lápida de pizarra me vendría tan bien como una de mármol, sobre la cual se grabarían simplemente mi nombre, mi edad y un versículo de los salmos, y quizá algunas palabras que dijeran a la gente que había vivido como un hombre honrado y había muerto como un cristiano.

—¿Lo ven ustedes? —dijo el forastero—. Es consustancial a la naturaleza humana desear un monumento, bien sea de pizarra, bien sea de mármol, bien consista en un pilar de granito o bien sea solo un recuerdo glorioso en el corazón de las gentes.

—¡Qué cosas más extrañas nos vienen esta noche a los labios! —dijo la esposa, con lágrimas en los ojos—. Suele decirse que es señal de que va a ocurrir algo cuando los hombres empiezan a pensar y a hablar así. ¡Oíd a los niños!

Todos los reunidos prestaron, en efecto, atención. Los niños más pequeños habían sido acostados en otro cuarto, pero la puerta medianera se hallaba entreabierta, de modo que se les podía oír hablar afanosamente entre sí. También ellos parecían contagiados de las fantasmagorías que habían hecho presa en el círculo de personas mayores sentadas al fuego y discutían acaloradamente, sobrepasándose los unos a los otros en deseos y ambiciones infantiles para cuando fueran hombres. Al fin, uno de los pequeños, en lugar de dirigirse a sus hermanos, llamó a su madre.

—Voy a decirte lo que yo deseo, mamá —dijo—. Quiero que tú y papá, y la abuela, y todos nosotros, incluyendo también al forastero, nos levantemos y vayamos a tomar un sorbo de agua en el Flume.

Ninguno de los presentes pudo reprimir una sonrisa al oír que el mayor deseo del niño era abandonar su cama bien caliente y arrancar a los demás del amor de la lumbre para visitar el Flume, una torrentera que se precipitaba desde lo alto de la montaña a las profundidades del desfiladero. Apenas había acabado el niño de pronunciar sus últimas palabras cuando se oyó el ruido desigual de un carruaje que se acercaba y que, al fin, se detuvo delante de la puerta de la casa. En él parecían ir dos o tres hombres, los cuales iban alegrando el camino con una canción cantada a coro, el eco de cuyas notas resonaba entre las peñas, mientras los viajeros dudaban si proseguir su viaje o detenerse en la casa para pasar la noche.

—Padre —dijo la muchacha—, le están llamando por su nombre.

Pero el dueño de la casa no estaba seguro de que le hubieran llamado y no quería mostrarse demasiado ávido de ganancia invitando a los viajeros a pernoctar bajo su techo. Por eso, no se apresuró a acudir a la puerta, y, mientras tanto, se oyó restallar el látigo y los viajeros siguieron camino por el desfiladero, siempre cantando y riendo, aunque su música y su alegría parecían provenir del corazón de la montaña.

—¡Mira, mira, mamá! —exclamó el niño que había hablado antes—. También ellos se van hacia el Flume.

De nuevo los reunidos se rieron ante la fijación del niño de hacer una excursión en medio de la noche. Sin embargo, de repente una nube pasó sobre el espíritu de la hija mayor; durante un momento sus ojos se fijaron gravemente en el fuego y respiró con tal intensidad que su aliento se convirtió casi en un suspiro. Sobresaltada y con un rubor en el rostro, la joven miró rápidamente a su alrededor, como si temiera que todos los que allí se hallaban hubiesen penetrado con la mirada en el interior de su pecho. El forastero le preguntó qué era lo que estaba pensando.

—Nada —respondió ella—, tan solo ha sido que en estos momentos precisamente me he sentido infinitamente sola.

—Yo siempre he tenido un don especial para percibir lo que otras personas tienen en el corazón —dijo el desconocido, medio en broma y medio en serio—. ¿Quiere usted que le diga también los secretos del suyo? Sé perfectamente, sobre todo, lo que hay que pensar cuando una muchacha tirita sentada al calor de la lumbre y se queja de soledad al lado de su madre. ¿Debo expresar todo eso en palabras?

—No serían ya sentimientos de una muchacha, si, efectivamente, pudieran ser expresados en palabras —dijo la ninfa de los montes riéndose, aunque apartando los ojos.

Todas estas frases habían sido intercambiadas en un aparte de los dos jóvenes. Quizá comenzaba a brotar en sus corazones un germen de amor, tan puro que era más apto para florecer en el paraíso que en el polvo de este mundo. Las mujeres, en efecto, amaban la noble dignidad que distinguía al forastero, y el alma arrogante y contemplativa se siente siempre atraída por una simplicidad de espíritu similar a la suya propia. Mientras ambos hablaban en voz baja, y mientras el desconocido observaba la dulce melancolía, las sombras luminosas y los tímidos anhelos de aquella naturaleza de mujer, el viento que soplaba encajonado en el desfiladero comenzó a resonar con un tono más profundo y fragoroso. Como decía el imaginativo forastero, parecía una melodía cantada a coro por los espíritus del viento, los cuales, según el mito de los indios, habitaban en aquellas montañas, haciendo de sus cimas y de sus precipicios una región sagrada. A lo largo del camino resonaba un lamento agudo, como si pasara por él un cortejo funerario. Para desterrar la melancolía que se había apoderado de todos, la familia arrojó al fuego algunas ramas de pino hasta que las hojas secas comenzaron a crepitar, y pronto surgieron vivas llamas iluminando de nuevo una escena de paz y de dicha humilde. La luz extendía sus alas sobre las cabezas de todos los allí reunidos, acariciándolos suavemente. Podían verse los rostros menudos de los niños husmeando desde el cuarto vecino y, al lado del hogar, la silueta enérgica del padre, la fisonomía dulce y fatigada de la madre, el perfil altivo de los jóvenes y la figura encorvada de la abuela, que seguía haciendo calceta en el lugar más cálido de toda la habitación. La anciana levantó un momento los ojos de su labor, y, mientras sus dedos continuaban moviéndose sin descanso, comenzó a hablar a su vez.

—Los viejos tienen sus ideas, igual que también los jóvenes tienen las suyas. Habéis estado trazando deseos y proyectos, y haciendo correr vuestra fantasía de una cosa a la otra, hasta que habéis logrado que también mi pobre cabeza se haya lanzado por los mismos derroteros. Sin embargo, ¿qué puede desear una vieja a la que solo la separan unos pocos pasos de la tumba? Voy a decíroslo, porque me temo que, si no lo hago así, la idea me va a perseguir día y noche sin descanso.

—Sí, sí, dínoslo —exclamaron a la vez el marido y la mujer.

La anciana adoptó un aire de misterio, que hizo que el círculo de personas se apretara más en torno al fuego, y comenzó a hablar, diciendo que, desde hacía ya algunos años, se había procurado las vestiduras con las que deseaba ser enterrada: una mortaja muy sencilla de hilo y una cofia de muselina. Y esta noche una extraña superstición se había apoderado de ella. En su juventud había oído decir que si al enterrar a una persona algo de su atavío estaba desordenado, aunque solo fuera una arruga en el cuello de la mortaja o una leve desviación en la cofia, el cadáver se revolvía en el ataúd debajo de la tierra, tratando de liberar sus frías manos y arreglar con ellas lo que no lo estuviera. La simple suposición de que a ella pudiera sucederle algo semejante la ponía nerviosa.

—¡Por Dios, abuela! —exclamó la nieta estremeciéndose—. ¡No hables así!

—Pues bien —prosiguió la anciana sin hacer caso, con gran seriedad, aunque vagándole por el rostro una extraña sonrisa—. Lo que deseo de vosotros, hijos míos, es que cuando vuestra abuela esté en el ataúd, me situéis un espejo ante el rostro. ¿Quién sabe? Quizá me será posible echar una mirada y ver si no está desarreglado nada de lo que llevo puesto.

—Todos, lo mismo jóvenes que viejos, no sabemos soñar más que con tumbas y monumentos —murmuró el forastero—. Me gustaría saber qué es lo que sienten los marineros cuando el barco se hunde y todos se hallan en trance de ser sepultados juntos en la inmensa y anónima sepultura del mar.

La fúnebre ocurrencia de la anciana había ocupado de tal forma durante unos momentos el cerebro de los allí reunidos que nadie se había percatado de que afuera, en las tinieblas de la noche, un ruido semejante al bramar de cien gigantes había ido creciendo hasta alcanzar tonos profundos y terribles. La casa y todo lo que en ella había se estremeció; los mismos cimientos de la tierra parecían verse sacudidos como si el estruendo cada vez más próximo fuera el sonido de las trompetas del Juicio Final. Jóvenes y viejos se miraron con un pavor salvaje y permanecieron un instante lívidos, aterrorizados, sin fuerza para pronunciar una palabra ni para hacer un movimiento. Después el mismo grito salió de todas las gargantas.

—¡El alud!, ¡el alud!

Las palabras más elocuentes pueden sugerir, pero no describir el horror inexpresable de la catástrofe. Las víctimas se precipitaron fuera de la casa, buscando amparo en lo que ellas creían un lugar seguro, allí donde, pensando en esa posibilidad, se había construido un muro de contención o barrera. ¡Ay! Al hacerlo así, los desgraciados habían renunciado a su salvación, lanzándose por su propia voluntad en el seno del más fatal de todos los destinos. Toda una vertiente de la montaña se vino abajo en una verdadera catarata de piedras y ruinas. Y justamente pocos metros antes de alcanzar la casa, aquella avalancha de muerte y destrucción se dividió en dos brazos, dejando en medio, casi intacta, la casa y arrasando en sus alrededores cuanto se oponía a su paso. Mucho antes de que se hubiera apagado entre las montañas el estruendo del alud, había terminado ya la agonía de las víctimas y todas ellas gozaban de la paz. Sus cuerpos no fueron encontrados nunca.

Al día siguiente una débil columna de humo salía todavía de la chimenea de la casa. Dentro, el fuego ardía levemente en el hogar y las sillas se alineaban en círculo a su alrededor, como si los allí reunidos hubieran salido unos minutos a contemplar los destrozos causados por el alud y fueran a volver de un momento a otro para dar gracias a Dios por su milagrosa salvación. La historia fue contada por todos los rincones de la comarca y constituirá siempre una leyenda en estas montañas. También los poetas han cantado el triste destino de la familia del desfiladero.

Ciertos detalles parecían indicar que en la noche fatal un forastero había sido recibido en la casa y había resultado víctima de la catástrofe con todo el resto de la familia. Otros negaban, en cambio, que hubiera indicios suficientes para llegar a tal conclusión. ¡Triste fin para aquella juventud ardiente, con sus sueños de inmortalidad terrena! Su nombre y su persona son hoy absolutamente desconocidos; su historia, su camino en la vida y sus planes y proyectos permanecerán siempre envueltos en el misterio. Su misma muerte y su existencia son algo que la gente duda...

Wakefield

En un antiguo periódico, o en una vieja revista, leí hace ya tiempo una historia, relatada como verdadera, según la cual un hombre —llamémosle Wakefield— se había ausentado durante largo tiempo de su casa, abandonando a su mujer. El caso así expuesto no es, puede decirse, poco común, ni puede ser tenido como absurdo o condenable sin conocer los detalles y circunstancias de la situación de los protagonistas. Sin embargo, la historia leída por mí constituye, sin duda, si no el más grave, sí, en cambio, el más extraño de delincuencia marital de todos los que han llegado a mi conocimiento; y, a la vez, la extravagancia más increíble y notable de todas las que jamás haya cometido el hombre. El matrimonio en cuestión vivía en Londres. El marido, pretextando tener que emprender un viaje, alquiló una habitación en la calle inmediata a la suya, y aquí, inadvertido por su mujer y por sus amigos, y sin que hubiera ni sombra de razón para tal comportamiento, permaneció durante veinte años. En el curso de su ausencia acudió cada día delante de su casa, llegando a menudo

21

a ver a Mrs. Wakefield a través de sus ventanas. Y después de esta laguna en su dicha matrimonial, cuando su muerte era tenida ya por cierta, después de que se hubiera adjudicado su herencia, de que hubiera desaparecido su nombre de la memoria de los vivos y de que la esposa se hubiese resignado a su prematura viudedad, un buen día el desaparecido atravesó el umbral de su hogar, como si retornase de una ausencia de un día o dos, y fue hasta su muerte un esposo amante y modelo.

Estos hechos son todo lo que recuerdo de la historia. El caso, por extravagante que sea, creo yo, merece sin embargo la simpatía generosa de todo el mundo. Todos nosotros sabemos que ninguno en particular cometeríamos tal locura, pero de igual modo todos somos conscientes de que es posible que otro la cometiera. A mí, al menos, los hechos se me han presentado una y otra vez a la mente, siempre provocando en mis sentimientos una suerte de asombro, pero también acompañados por la certeza de que la historia tiene que haber sido verdad, y delineándose a su lado una cierta concepción del carácter y naturaleza del protagonista. Siempre que un objeto se aferra así al pensamiento, puede decirse que está bien gastado el tiempo que se emplea en reflexionar sobre él. Si el lector quiere andar por su cuenta en este punto, dejémosle entregado a sus propias meditaciones; si, por el contrario, prefiere acompañarme a través de los veinte años que duró la ausencia de Wakefield, sea bienvenido. Pensemos que el extraño suceso debe de tener una moraleja —aun cuando nosotros no logremos encontrarla— y que va a sernos posible trazar limpiamente sus contornos y condensarla al final de nuestro relato. ¿No tiene todo pensamiento su eficacia y todo hecho asombroso su moraleja?

¿Qué clase de hombre era Wakefield? Estamos en

libertad para llevar adelante nuestra propia idea, dándole este nombre. Cuando da comienzo nuestra historia, Wakefield se encuentra en el meridiano de su vida; sus afectos matrimoniales, nunca violentos, se habían serenado convirtiéndose en un sentimiento habitual y tranquilo; de todos los maridos, puede decirse que era el más constante, porque una cierta lentitud hacía que su corazón permaneciese allí donde se había detenido una vez. Era intelectual, pero no en un sentido profesional; sus pensamientos raras veces eran tan intensos como para plasmarse en palabras. La imaginación, entendida esta palabra en su verdadero sentido, no figuraba entre los dones de Wakefield. Con un corazón frío, aunque no depravado ni inconstante, y con una mente nunca alterada por pensamientos turbulentos ni paralizada por afanes de originalidad, ¿quién habría podido profetizar que nuestro héroe iba a conquistar por sí mismo un lugar de primer orden entre todos los excéntricos y extravagantes del mundo entero? Si se hubiera preguntado a sus amistades quién era el hombre en Londres del que podía decirse con mayor certeza que cada día hacía cosas que eran olvidadas al día siguiente, todos los preguntados habrían pensado inmediatamente en Wakefield. Quizá solo su esposa habría dudado. Aun sin haber analizado detenidamente su carácter, Mrs. Wakefield se había percatado de que se había introducido un cierto amor propio en la mente inactiva de su esposo, una especie singular de vanidad, la peor de sus cualidades, una tendencia a la superchería que raras veces se había manifestado de otra forma que en el mantenimiento de algunos secretos nimios y sin importancia; y, finalmente, lo que ella misma llamaba «un algo extraño» en su marido. Esta última cualidad era indefinible y es probable incluso que no existiese.

Imaginémonos a Wakefield diciendo adiós a su esposa. Estamos en el atardecer de un día de octubre. Su equipo consiste en un gabán de un gris amarillento, un sombrero cubierto por una tela impermeable, botas altas, un paraguas en una mano y un ligero portamantas en la otra. Ha dicho a su esposa que piensa tomar la diligencia de la noche para dirigirse al campo. Mrs. Wakefield querría preguntarle cuánto va a durar su ausencia, su objetivo y cuándo estará de regreso; pero, indulgente como lo es con la inocente afición al misterio que caracteriza a su marido, se contenta con interrogarle silenciosamente con la mirada. Este, a su vez, la advierte que no tiene que esperarle en la diligencia de vuelta y que piensa estar ausente tres o cuatro días; en todo caso, podría contar con él para la cena del viernes próximo. Wakefield mismo, esto hay que tenerlo muy presente, no sabe lo que tiene delante de sí. Tiende sus manos a Mrs. Wakefield, esta le entrega las suyas, intercambian un beso de despedida de la manera rutinaria que corresponde a un matrimonio de diez años y ya tenemos al bueno de Wakefield casi dispuesto a intrigar a su esposa por una ausencia de toda una semana. Después de que la puerta se ha cerrado detrás de él, la esposa vuelve a abrirla un poco y ve a través de la apertura la faz de su marido sonriéndole y desapareciendo enseguida. En aquel momento este hecho insignificante se desvanece sin dejar rastro. Mucho más tarde, sin embargo, cuando había sido más años viuda que esposa, aquella sonrisa retorna y se mezcla en todos los recuerdos del rostro de su marido. En sus largos ratos perdidos, la esposa abandonada adorna aquella sonrisa con toda una serie de fantasías que la hacen extraña u horripilante. Si se imagina, por ejemplo, a su esposo en un ataúd, aquella mirada de despedida se encuentra helada en sus rasgos lívidos; si, en cambio, se lo imagina en el cielo, su espíritu sagrado muestra todavía una sonrisa tranquila y enigmática. Es el recuerdo de esta sonrisa lo que hace que, cuando todos los demás lo han dado ya por muerto hace tiempo, Mrs. Wakefield dude a veces de ello y se resista a creerse verdaderamente viuda.

Pero el que a nosotros nos importa es el marido. Tenemos que correr detrás de él, a lo largo de la calle, antes de que pierda su individualidad y se mezcle y desaparezca en la gran masa de la vida de Londres. Ya una vez aquí, buscarlo será en vano. Sigámosle, pues, sin perderlo de vista, hasta que, después de varios rodeos y andanzas inútiles, lo vemos confortablemente sentado al calor de la chimenea en un cuarto alquilado. Este piso se encuentra en la calle inmediata a aquella en la que está la casa de Wakefield, y encontramos a este el primer día de ausencia. Wakefield no puede apenas concebir la buena suerte que lo ha acompañado hasta ahora y gracias a la cual ha podido pasar inadvertido; en una ocasión, piensa en que la multitud lo había empujado situándole justamente debajo del resplandor de un farol iluminado, piensa en que una vez le pareció oír pasos que seguían a los suyos y que se distinguían perfectamente del paso monótono del resto de la gente, y piensa, finalmente, en el momento en que oyó una voz llamando a alguien a gritos, que le pareció que pronunciaba su propio nombre. No hay duda de que detrás de él y vigilándole hay una docena de agentes que le cuentan a su esposa todo lo que hace. ¡Pobre Wakefield! ¡Cuán poco conoces tu propia insignificancia en el seno de este mundo! Ninguna mirada ni ningún rastro humano ha seguido tu ruta. Acuéstate tranquilamente, hombre desatinado, y mañana por la mañana, si quieres obrar sensatamente, regresa junto a la bondadosa Mrs. Wakefield y confiésale toda la verdad. No te apartes, ni siquiera durante una semana, del lugar que tienes por derecho propio en su corazón casto y sereno. Si ella llegara a creerte por un solo momento muerto, o desaparecido, o separado de ella, pronto te darías cuenta para tu desdicha del cambio operado en tu esposa, un cambio quizá para siempre. Y es muy peligroso producir una fisura en los afectos humanos, no porque esta siga mucho tiempo abierta, sino porque se cierra harto rápidamente.

Casi arrepentido de su travesura —o como quiera llamarse a su acción—, Wakefield se acostó temprano, y, despertando de su primer sueño, extendió los brazos a lo largo del amplio y solitario lecho.

«No, esta es la última noche que duermo solo», pensó arropándose de nuevo.

A la mañana siguiente, se levantó más temprano que de costumbre y se sentó un momento para considerar qué era lo que realmente pensaba hacer. Tan desintegrados y vagos son los caminos de su pensamiento, que ha tomado, es verdad, este propósito singular en que se halla envuelto con la conciencia de algo a realizar, pero incapaz, sin embargo, de definirlo suficientemente para su propia consideración. Lo impreciso del proyecto y el esfuerzo convulso con el que trata de ponerlo en ejecución son característicos también de un hombre débil mentalmente. Sin embargo, Wakefield desmenuza y examina sus ideas con toda la minuciosidad posible y siente interés por saber los efectos que su decisión ha causado en su hogar: cómo soportará su esposa esa viudedad de una semana, cómo afectará su ausencia al pequeño círculo de personas del que él es el centro. Una vanidad morbosa se halla, pues, en el fondo de todo el asunto. Ahora bien, ¿cómo saber lo que desea? Desde luego, no quedándose encerrado en su confortable alojamiento, donde, aun cuando duerma y despierte en la calle inmediata a la suya, se encuentra en realidad tan ausente como si la diligencia hubiese estado rodando con él durante toda una noche. No obstante, si reaparece en su casa, todo su proyecto se viene abajo. Atormentado desesperadamente su pobre cerebro con este dilema, se aventura al final, y resuelve cruzar el extremo de la calle y arrojar una mirada a su abandonado domicilio. La costumbre —pues Wakefield es un hombre de costumbres— lo toma de la mano y le lleva sin que él se dé cuenta hasta la misma puerta de su hogar, donde, en ese mismo momento, el ruido que producen sus pasos sobre el primer escalón lo hace volver en sí. ¡Wakefield! ¿Dónde ibas a ir?

En ese preciso instante, su destino acaba de realizar un giro decisivo. Sin soñar el abismo al que le lanza este paso atrás dado, Wakefield se aleja velozmente de su domicilio, sin aliento, con una agitación hasta entonces no sentida, y apenas si se atreve a volver la cabeza desde la primera esquina. ¿Es posible que nadie le haya visto? ¿No tocarán a rebato por las calles de Londres todos los habitantes de su casa, la dulce Mrs. Wakefield, la elegante doncella y el descuidado lacayo, pidiendo la busca y captura de su dueño y señor? Su fuga ha sido un milagro. Reúne todo su valor para detenerse y mirar hacia atrás, pero su corazón se siente oprimido al ver que su casa ha experimentado un cambio para él, tal como suele parecernos a todos cuando, después de meses o años de ausencia, vemos de nuevo una colina o un lago o una obra de arte que nos son conocidos de antaño. Normalmente este sentimiento indescriptible está causado por la comparación y el contraste entre nuestras reminiscencias imperfectas y la realidad. En Wakefield, el prodigio de una sola noche ha producido tal transformación, porque, en ese breve período, un gran cambio moral ha tenido lugar en él. Pero esto es un secreto que solo a él le pertenece. Antes de abandonar el lugar en que se encuentra, Wakefield puede todavía captar la imagen lejana y momentánea de su esposa, que pasa a través de la ventana con el rostro vuelto hacia el extremo de la calle. El pobre necio huye sin esperar más, despavorido ante la idea de que, entre miles y miles de seres mortales, la mirada de su esposa haya podido percibirle a él. Aunque su cerebro se encuentra confuso, se siente sin embargo alegre cuando, pocos minutos después, se sienta al fin ante la chimenea de su nuevo aposento.

Con ello tenemos ya trazado el comienzo de este largo desvarío. Una vez asentada la primera idea, y dada la extravagante terquedad del hombre en ponerla en práctica, el asunto sigue su camino casi automáticamente. Podemos imaginarnos a Wakefield comprando, después de largas reflexiones, una nueva peluca de pelo rojizo y escogiendo de un ropavejero judío unas prendas de vestir de color café, de corte distinto al de las que él ha acostumbrado a usar hasta entonces. La cosa está consumada. Wakefield es otra persona. Una vez establecido el nuevo sistema, todo movimiento tendente a volver al anterior tendrá que ser para él igual de difícil, al menos, que el que le condujo a la extraña situación en que se halla. Además, su obstinación se hace mayor por el enojo que le provoca pensar que su ausencia ha producido con seguridad una reacción inadecuada en el ánimo de su esposa. Ahora está decidido a no retornar a su hogar hasta que esta reciba un susto de muerte. Dos o tres veces ha pasado Mrs. Wakefield ante los ojos de su oculto esposo, cada vez con un paso más lento y difícil, cada vez con las mejillas más pálidas y la frente surcada de arrugas. En la tercera semana de su ausencia, Wakefield le parece ver a un heraldo de desgracias entrando en su casa bajo la forma del farmacéutico. Al día siguiente, el llamador de la puerta es envuelto con un trapo para apagar los sonidos. Al anochecer, aparece el carruaje de un médico que deposita a su dueño, solemne y empelucado, en la casa de Wakefield, de donde sale al cabo de un cuarto de hora, anuncio quizá de un funeral.

«¿Acaso morirá?», piensa Wakefield, y su corazón se hiela ante la sola suposición.

En aquellos días, siente una excitación parecida a algo así como energía, pero se mantiene lejos de la cabecera de su esposa, diciéndose para sí que sería contraproducente perturbarla en esos momentos. Si algo distinto le detiene, él lo ignora. En el curso de unas pocas semanas, Mrs. Wakefield se va recobrando. La crisis ha pasado; su corazón está triste, quizá, pero sereno. Ya puede regresar Wakefield ahora o más tarde, su esposa no volverá a sentir angustia por él. Estas ideas irrumpen a veces a través del extravío que se ha apoderado del cerebro de Wakefield y le dan la conciencia oscura de que algo así como un abismo infranqueable separa su nuevo alojamiento de su antiguo hogar.

«¡Pero si está en la calle de al lado!», se dice a veces a sí mismo.

¡Insensato! Tu casa está en otro mundo. Hasta ahora Wakefield había ido difiriendo su retorno de un día a otro; desde este momento deja ya indeterminado cuándo va a volver. No mañana, sino probablemente la semana próxima; de todos modos, muy pronto. ¡Pobre Wakefield! Desterrado por su propia voluntad, tiene tanta probabilidad de poder volver a su hogar como los muertos de retornar a sus antiguas moradas en la tierra.

¡Ojalá tuviera que escribir un libro en lugar de un artículo de doce páginas! Entonces podría poner de manifiesto cómo una influencia fuera de nuestro control puede posar su mano sobre todas nuestras acciones, tejiendo con sus consecuencias un manto de hierro que nos aprisiona. Wakefield ha sido ya analizado. Ahora tenemos que abandonarlo durante unos diez años, siempre rondando alrededor de su casa, sin cruzar una sola vez el umbral, y siempre leal a su esposa con todo el afecto de que es capaz su corazón, mientras que, por otra parte, su persona desaparece poco a poco del de Mrs. Wakefield. Desde hace ya largo tiempo —hay que subrayarlo—, el desterrado voluntario ha perdido la conciencia de lo anómalo de su situación.

Tracemos una escena. Entre la multitud que discurre por una calle de Londres, vemos a un hombre, ahora ya de cierta edad, con pocos rasgos suficientemente característicos para atraer la atención de los abstraídos transeúntes, pero llevando escrito en su rostro el testimonio de un destino poco común. Es un hombre delgado; su frente estrecha y pronunciada se halla cubierta de arrugas profundas; sus ojos pequeños y sin brillo giran algunas veces temerosamente a su alrededor, pero más a menudo parecen mirar hacia el interior. Lleva la cabeza encorvada y se mueve con un paso extrañamente oblicuo, como si quisiera hurtar a todo el mundo su presencia directa. Miradle con atención hasta que percibáis cuanto hemos descrito de él, y confesad que las circunstancias, que a veces forjan grandes personalidades de una materia prima más bien tosca, han producido aquí tal individuo. Después, abandonándolo para atravesar la calzada de la calle, dirijamos nuestros ojos en la dirección opuesta, donde una mujer de porte señorial, ya en el ocaso de la vida, se dirige a la iglesia con un misal en la mano. Su rostro refleja la actitud serena de una viuda que ha perdido a su marido hace ya muchos años. El dolor ha desaparecido de su ánimo o se ha hecho tan consustancial con él que no lo cambiaría ya por la alegría. En el momento preciso en que el hombre delgado y la viuda se cruzan, hay un pequeño embotellamiento en la circulación y estas dos figuras entran en contacto. Sus manos se tocan, la presión de la multitud hace que el pecho de ella tropiece con los hombros de él; los dos se paran y quedan mirándose a los ojos. Tras diez años de separación, es así como Wakefield se encuentra por primera vez con su esposa.

Después, la multitud los arrastra y separa de nuevo. La viuda recupera su paso anterior y se dirige a la iglesia; se detiene unos segundos en el atrio y su mirada recorre con expresión de perplejidad la masa de gente que discurre por la calle. Sin embargo, es solo un instante; después penetra en el templo mientras abre su misal. ¿Y el hombre? Con una expresión en el rostro que hace volver los ojos al Londres ocupado y egoísta, este se precipita a su alojamiento, corre el cerrojo de la puerta y se arroja sobre la cama. Los sentimientos latentes durante tantos años surgen a la superficie; todo el terrible desatino de su vida se le revela de golpe a su mente débil y grita con acento indecible:

—¡Wakefield! ¡Wakefield! ¡Estás loco!

Quizá fuera verdad. La singularidad de su situación tenía que haber moldeado de tal modo a este hombre que, comparado con los demás hombres y con los problemas de la vida, no puede decirse que estuviera en su sano juicio. Se las había ingeniado para separarse por sí mismo del mundo, para desvanecerse, para abandonar el lugar y los privilegios que le correspondían entre los vivos, sin conquistarse, sin embargo, un puesto entre los muertos. La vida del eremita no podía compararse en absoluto con la suya. Se hallaba sumido en el bullicio de la ciudad, como antaño lo había estado, pero la multitud resbalaba a su lado y no le veía; podemos decir figuradamente que estaba siempre al lado de su esposa y en su hogar, pero condenado a no sentir jamás ni el calor del uno ni el amor de la otra. El destino singular de Wakefield consistía en que su ánimo conservaba los afectos pasados y participaba en la red de los intereses humanos, pero desprovisto de toda posibilidad de influir en los unos ni en los otros. Sería algo sugestivo trazar en detalle los efectos de esta situación en su cerebro y en su corazón, separadamente y en combinación recíproca. Sin embargo, después de haber sufrido el cambio que había sufrido, es seguro que él mismo no se percataba de ello, pareciéndole, al contrario, como si continuara siendo el hombre de siempre; a veces algunos relámpagos de la verdad le iluminarían, es cierto, pero solo un instante. En estos momentos su respuesta era: «Dentro de poco volveré», sin percatarse de que lo mismo llevaba diciéndose durante veinte años.

Asimismo creo que estos veinte años le aparecían a

Wakefield, cuando dirigía su mirada al pasado, no más largos que la semana que se había fijado como límite de su ausencia al abandonar a su esposa. Para él, este espacio de tiempo no era más que un intermedio o entreacto en el curso general de su existencia. Cuando, después de algún tiempo más, creyera que había llegado ya el momento de volver a su hogar, Mrs. Wakefield juntaría sus manos loca de alegría y examinaría a su marido, un hombre todavía de edad madura. ¡Qué terrible error! Si el Tiempo se detuviera esperando el final de nuestras locuras, nosotros seríamos todavía jóvenes y continuaríamos siéndolo hasta el día del Juicio Final.

Una tarde, cuando hace ya veinte años que ha desaparecido de su hogar, Wakefield realiza su acostumbrado paseo hacia la casa que todavía sigue llamando la suya. Es una noche tormentosa de otoño, con chubascos que descargan contra el suelo y desaparecen antes de que una persona llegue a abrir el paraguas. Detenido cerca de su casa, Wakefield puede ver a través de las ventanas del salón, en el segundo piso, el resplandor rojo y los reflejos de un fuego confortable encendido en la habitación. En el techo puede verse la sombra monstruosa y oscilante de la buena Mrs. Wakefield. La cofia, la nariz, el mentón y el robusto talle forman una admirable caricatura, que baila según ascienden o descienden las llamas del fuego, trazando curvas y trenzados demasiado alegres para una viuda ya entrada en años. En aquel mismo momento la lluvia cae de nuevo repentinamente y, empujada por el viento otoñal, azota el rostro y el pecho de Wakefield, que se siente penetrado por un escalofrío. ¿Debería permanecer aquí empapado y tiritando, mientras en su hogar arde un buen fuego dispuesto a calentarlo y mientras su esposa puede correr a buscar su batín y su ropa de abrigo que, sin duda, ha mantenido cuidadosamente guardadas en el armario de la alcoba matrimonial? ¡No! ¡Wakefield no es tan loco como para hacerlo! Asciende los escalones lentamente y, sin darse casi cuenta, ejecuta una acción a la que sus piernas se han resistido durante veinte años. ¡Detente, Wakefield! ¿Vas a entrar en la casa que tú mismo te has vedado? La puerta se abre. Cuando penetra en el vestíbulo, todavía podemos ver unos segundos su rostro y en él la misma sonrisa taimada que fue precursora de la pequeña broma que ha estado jugando desde entonces a costa de su esposa. ¡Cuán despiadadamente ha estado probando a su mujer! En fin, todo ha terminado y una velada amable espera a Wakefield.

Esta feliz ocurrencia —si es que efectivamente lo fue— solo pudo ocurrir en un momento impremeditado. No seguiremos a nuestro protagonista a través del umbral de su morada. Detrás de sí nos ha dejado suficiente material para la reflexión, una parte del cual ha de suministrarnos una moraleja que vamos a tratar de condensar en pocas palabras. Entre la aparente confusión de nuestro misterioso mundo, los individuos se hallan tan definitivamente insertos en un sistema y cada sistema se encuentra tan estrechamente vinculado a otro u otros, y, finalmente, a un total, que el hecho de salir por un instante de su sistema expone al hombre al riesgo espantoso de perder para siempre su lugar propio en el todo del mundo. De manera semejante a Wakefield, puede fácilmente convertirse, como este se convirtió, en el Apátrida del Universo.

La catástrofe de Mr. Higginbotham

Por la carretera que conduce de Morristown, donde había tratado largamente con el diácono de la colonia Shaker, hacia la aldea de Parker's Fall, a orillas del Salmon River, marchaba un día un joven apuesto, de oficio vendedor ambulante de tabaco. Nuestro héroe hacía el camino en un carromato de color verde que llevaba pintadas a cada lado una caja de cigarros y en la trasera un jefe indio con una rama de tabaco y una pipa en la mano. El joven guiaba una yegua de trazos finos y era persona de excelente carácter, agudo y hábil en cuestión de negocios. Era popular, sobre todo, entre las lindas muchachas de Connecticut, cuyos favores trataba de conseguir con regalos del mejor tabaco que figuraba entre sus mercancías. Sin embargo, y como ya veremos en el curso de esta historia, nuestro joven era también demasiado curioso y bastante charlatán, y se perdía por saber cuentos o noticias y por contárselos a todo el mundo.

Después de haber desayunado muy temprano en Morristown, el vendedor de tabaco, cuyo nombre era Dominicus Pike, había caminado doce kilómetros a través de un paisaje boscoso, sin poder hablar una palabra con nadie más que consigo mismo o con su yegua. Eran cerca de las siete, y nuestro joven sentía los mismos deseos de echar una parrafada matinal que los que puede sentir un tendero de la ciudad por leer su periódico. Acababa de encender un cigarro con una lupa cuando pareció ofrecérsele inesperadamente una buena ocasión de hablar con alguien; por el declive de la colina ante cuya falda el vendedor había detenido su carromato, se acercaba a buen paso un desconocido. Dominicus le observó y vio que llevaba al hombro un palo o bastón de cuyo extremo pendía un hatillo, y que caminaba con paso cansado pero firme. Su aspecto decía que no se había puesto en ruta aprovechando el fresco de la mañana, sino que llevaba andando toda la noche y que pensaba hacer lo mismo lo que restaba del día.

—Buenos días, amigo —dijo Dominicus cuando el desconocido se halló a una distancia desde la que podía oírle—. Buen paso llevamos. ¿Qué noticias hay por Parker's Fall?

El así interpelado se caló con una mano el sombrero hasta los ojos y respondió con cierta brusquedad que no venía de Parker's Fall, lugar que el vendedor ambulante había mencionado por ser la próxima etapa de su ruta.

—Bueno, tanto da —replicó Dominicus Pike—. Dígame las últimas noticias del sitio de donde usted venga, sea el que sea. En realidad no es que Parker's Falls me interese especialmente.

Importunado de esta manera, el desconocido —cuya pinta era tal que ninguna persona pacífica hubiera deseado encontrárselo en un lugar desierto— pareció dudar un momento, o bien buscando noticias en su memoria, o bien reflexionando acerca de la conveniencia de darlas a conocer. Finalmente se alzó sobre la vara del carromato y comenzó a susurrar algo al oído de Dominicus, aunque la verdad era que ni aun hablando a voces podría haberle oído nadie en aquellos parajes.

—En este momento me acuerdo de una noticia que quizá le interese —dijo—. El viejo Mr. Higginbotham fue asesinado anoche a las ocho en su huerto por un irlandés y un negro. El pobre hombre ha sido ahorcado de la rama de un peral, y seguro que nadie lo habrá encontrado hasta esta mañana.

Tan pronto como dio esta terrible noticia, el desconocido emprendió de nuevo su camino, más apresuradamente todavía que hasta entonces, no volviendo siquiera la cabeza cuando Dominicus le gritó invitándole a fumar un buen cigarro español y pidiéndole que le contara detalles del hecho. Viendo que no volvía, el vendedor ambulante silbó a su yegua y comenzó a subir la colina pensando en el horrendo destino de Mr. Higginbotham, a quien él había conocido durante sus viajes y le había vendido algunos paquetes de buen tabaco. Al mismo tiempo se sentía extrañado de la rapidez con que la noticia se había extendido. Kimballton se encontraba a cien kilómetros en línea recta, el asesinato había sido perpetrado a las ocho de la noche anterior y Dominicus había tenido noticia de él a las siete de la mañana siguiente, es decir, a la hora poco más o menos en que la familia del pobre Mr. Higginbotham habría descubierto su cadáver colgando de la rama del peral. El desconocido caminante tenía que poseer, sin duda, botas de siete leguas para haber cubierto tal distancia en tan poco tiempo.

—Es verdad que las malas noticias van deprisa, como dice el refrán, pero esta vez han corrido, desde luego, mucho más que el ferrocarril. El tipo ese debería ser contratado para difundir por el país el mensaje del Presidente.

Al final, Dominicus solventó la dificultad pensando que el caminante se había equivocado sin duda en una fecha. Así tranquilizado y convencido, nuestro héroe no dudó en relatar la historia del asesinato en todas las posadas y tiendas del camino, obsequiando con cigarros españoles al menos a veinte auditorios horrorizados. Por todas partes se encontraba con que él era el primero que llevaba la gran noticia, y por todas partes se veía asediado de tal manera a preguntas que no pudo evitar ir llenando paulatinamente el esquema con nuevos detalles, hasta hacer del suceso, tal como a él se lo habían contado, una verdadera y emocionante historia. Llegó incluso a conseguir un testimonio que probaba la realidad del relato. Mr. Higginbotham era comerciante, y un antiguo dependiente de él, a quien Dominicus le contó lo sucedido, le confirmó que el anciano solía volver a casa a través del huerto a la caída de la tarde, llevando consigo el dinero y valores de la tienda. Sin embargo, el dependiente manifestó poco sentimiento por el trágico fin de Mr. Higginbotham, insinuándole a Dominicus Pike que también él había detectado en sus tratos con el muerto que este era un viejo hosco y arisco, y avaro como un judío. Todos sus bienes irían a parar a manos de una sobrina muy guapa, que a la sazón se ganaba la vida como maestra en Kimballton.

Contando la noticia en beneficio de sus oyentes y realizando negocios en el suyo propio, Dominicus se había detenido tanto a lo largo del camino que se decidió a pernoctar en una posada a unos ocho kilómetros de Parker's Falls. Después de la cena, encendió uno de sus mejores cigarros y se puso a contar la historia del asesinato, la cual había crecido tanto que su relato exigía media hora por lo menos. En la sala baja de la posada habría unas veinte personas, diecinueve de las cuales tomaron las palabras del vendedor ambulante como artículo de fe. La vigésima, en cambio, era un granjero, ya de alguna edad, que había llegado a caballo hacía poco y que estaba sentado en una esquina fumando tranquilamente su pipa. Cuando la historia terminó, el granjero en cuestión se levantó pausadamente, puso su silla frente a la de Dominicus y lo miró fijamente, desvaneciendo con una mano el humo que el vendedor ambulante acababa de echar por la boca.

—¿Se atrevería usted a asegurar realmente —preguntó con el mismo tono inquisitivo que podría usar un tribunal— que el viejo juez de paz Higginbotham, de Kimballton, fue asesinado en su huerto anteanoche y encontrado ayer por la mañana colgado de una rama de sus perales?

—Yo, señor, relato la historia tal y como la he oído —respondió Dominicus arrojando al suelo la colilla de su cigarro—. Yo no he dicho que lo haya visto, y no podría, por tanto, jurar que Mr. Higginbotham ha sido asesinado tal y como acabo de contar.

—Yo, en cambio, sí que puedo jurar —dijo el granjero— que si Mr. Higginbotham fue asesinado antes de anoche, yo he bebido esta mañana una copa de *bitter* con su fantasma. Como es vecino mío, esta mañana, cuando yo pasaba a caballo, me llamó a su tienda, me invitó a una copa y me pidió después que le hiciera un encargo en la carretera. A mi parecer, no tenía ni la menor idea de su asesinato.

—¡Pero entonces la cosa no puede ser verdad! —exclamó Dominicus Pike.

—Yo, al menos, me imagino que Mr. Higginbotham hubiera hablado de ello en caso de ser verdad —replicó a su vez el viejo granjero. Dicho lo cual, volvió a llevar su silla al rincón, dejando a Dominicus sin saber qué decir.

¡He aquí una resurrección bastante estúpida de Mr. Higginbotham! El vendedor ambulante no tuvo ya valor para volver a mezclarse en la conversación, se reanimó a sí mismo con un vaso de ginebra y agua, y se fue a la cama, donde durante toda la noche no hizo más que soñar con gentes colgadas de la rama de un peral. A fin de evitar un nuevo encuentro con el granjero, a quien detestaba ya tanto que su asesinato le hubiera placido mucho más que el de Mr. Higginbotham, Dominicus se levantó con el alba, enganchó la yegua al carromato y se puso en camino a trote ligero rumbo a Parker's Falls. La brisa de la mañana, el rocío de la carretera y la magnífica alborada estival dieron nuevos ánimos a su espíritu, y es posible que de nuevo hubiera tenido el valor de relatar la horripilante historia del asesinato de Mr. Higginbotham, si hubiese habido alguien allí dispuesto a escucharle. En todo el camino, sin embargo, apenas se cruzó con una pareja de bueyes, un carro, un carruaje, un jinete y un peatón. Cuando cruzaba el Salmon River vio venir en sentido contrario a un hombre que caminaba con dificultad y llevaba al hombro un palo con un hatillo atado a su extremo.

—Buenos días, amigo —dijo el vendedor ambulante tirando de las riendas a su yegua—. ¿Venís de Kimballton o de alguno de los lugares vecinos? Si es así, quizá podáis decirme qué hay en realidad sobre Mr. Higginbotham. ¿Ha sido asesinado realmente hace dos o tres noches por un irlandés y un negro?

Dominicus había hablado demasiado apresuradamente para darse cuenta de que el desconocido tenía también en sus venas una buena porción de sangre negra. Al oír esta repentina pregunta, el así interrogado pareció cambiar de piel; su tez amarillenta adquirió un color blanco fantasmal, mientras que, temblando y con voz entrecortada, dijo:

—¡No!, ¡no!, ¡no es verdad! Allí no ha habido nadie de color. Fue un irlandés el que lo colgó la última noche a las ocho. Yo me marché del lugar a las siete. Seguro que su familia no ha encontrado todavía el cuerpo del asesinado en la huerta.

Apenas había terminado de pronunciar estas palabras el mestizo cuando se interrumpió súbitamente y, aunque antes parecía bastante fatigado, echó a andar de nuevo a un paso tan rápido que para seguirle Dominicus hubiera tenido que poner su yegua al trote. El vendedor ambulante se quedó estático detrás de él, sumido en la mayor perplejidad. Si el asesinato no había sido cometido hasta el martes por la noche, ¿quién era el profeta que lo había predicho en todos sus detalles el martes por la mañana? Si el cuerpo de Mr. Higginbotham no había sido aún descubierto por su familia, ¿cómo podía saber el mulato, a cincuenta kilómetros de distancia, que se hallaba colgado de un árbol en el huerto? ¿Cómo podía, sobre todo, saberlo, si había salido de Kimballton antes de que el pobre viejo fuera ahorcado? Todas estas circunstancias extrañas, unidas a la sorpresa y al terror del desconocido, hicieron meditar un momento a Dominicus sobre la conveniencia de dar la voz de alarma y de hacer perseguir al mulato como cómplice de asesinato, pues ahora no cabía duda alguna de que se había cometido evidentemente un asesinato.

«Dejemos que se vaya el pobre diablo», pensó, sin embargo, el vendedor ambulante. «No quiero tener sobre mi conciencia su sangre negra, y, además, por mucho que se le mate, ello no ayudará a dar la vida de nuevo a Mr. Higginbotham. ¡Ahorcar al pobre viejo! Es un pecado, lo sé, pero la verdad es que le odiaría furiosamente si volviera a la vida por segunda vez dejándome por mentiroso.»

Sumido en estas reflexiones, Dominicus penetró con su carromato en la calle principal de Parker's Falls, la cual, como todo el mundo sabe, es una aldea que debe su florecimiento a tres factorías algodoneras y a una serrería. Cuando nuestro héroe llegó al establo de la posada para acondicionar allí a la yegua, todavía no se habían puesto en movimiento las máquinas y solo algunas pocas tiendas habían abierto sus puertas. Tras encargarse del pienso para su fiel compañera de camino, lo primero que Dominicus hizo fue dar cuenta al posadero del asesinato de Mr. Higginbotham. No obstante, esta vez le pareció más prudente no insistir demasiado en la fecha del suceso, ni precisar tampoco si el asesinato había sido cometido por un negro y un irlandés o tan solo por el hijo de la Verde Erín. Por otra parte, se cuidó muy bien de aducir en apoyo de la veracidad del relato su autoridad o la de otra persona cualquiera, insinuando, más bien, que se trataba de una noticia muy difundida.

La historia corrió por la aldea con la velocidad del rayo, convirtiéndose hasta tal punto en objeto general de todas las conversaciones que nadie podía decir de qué fuente procedía la noticia. Mr. Higginbotham era, en efecto, tan conocido en Parker's Falls como un vecino cualquiera del lugar, ya que era copropietario de la serrería y poseía grandes *stocks* en las factorías algodoneras. Por eso los vecinos de Parker's Falls sintieron que su propia prosperidad se hallaba interesada en el caso. Tal fue la sensación causada por la noticia que el periódico local, *Parker's Falls Gazette*, publicó una edición extraordinaria, encabezada a grandes titulares con las palabras: «HORRIPILANTE ASESINATO DE MR. HIGGINBOTHAM». Entre otros espantosos detalles, el periodista describía la señal dejada por la cuerda en el cuello del asesinado, precisaba que la suma robada ascendía a mil dólares y subrayaba con deleite el dolor de la sobrina, que, desde que había sido descubierto el cuerpo de su tío colgado del árbol con los bolsillos vueltos hacia fuera, no salía de un desmayo más que para entrar en otro. El poeta del lugar dedicó, a su vez, una balada de diecisiete estrofas al dolor de la joven belleza. Los representantes del ayuntamiento, teniendo en cuenta los intereses de Mr. Higginbotham en el lugar, decidieron publicar edictos ofreciendo una recompensa de quinientos dólares por la detención de sus asesinos y la recuperación de lo robado.

Mientras tanto, toda la población de Parker's Fans, compuesta de tenderos, patronas, obreras de las factorías, aserradores y chicos de la escuela, se había precipitado a la calle y discutía y hablaba con tal locuacidad que ella sola bastaba para compensar el silencio de las máquinas algodoneras, cuyo estrépito había sido suprimido aquel día por respeto al muerto. Si Mr. Higginbotham se hubiese preocupado por su fama póstuma, seguro que su prematuro fantasma se habría sentido a sus anchas en medio de aquel tumulto. Por su parte, nuestro amigo Dominicus, sintiéndose halagado en su vanidad, olvidó todas las precauciones anteriores y subiéndose a la fuente del pueblo hizo saber a todos que él había sido el que había traído consigo la sensacional noticia. Inmediatamente se convirtió en el hombre del día, y acababa justamente de comenzar una nueva edición de la historia, con una voz engolada como la de un predicador a campo descubierto, cuando la diligencia hizo su entrada en la calle principal del pueblo. El vehículo había hecho camino durante toda la noche y tenía que haber cambiado los caballos en Kimballton a las tres de la madrugada.

—¡Ahora podremos oír todos los detalles! —gritó la multitud.

El carruaje avanzó con estrépito hasta delante de la posada seguido por más de mil personas, pues si hasta entonces había habido todavía alguien dedicado a sus asuntos, ahora todo el mundo dejó lo que tenía entre manos y se precipitó a oír las nuevas noticias. El vendedor ambulante, que iba a la cabeza de todos, descubrió enseguida a dos viajeros, los cuales se vieron transportados sin transición desde una confortable siesta al seno de una multitud en la que todos hablaban a la vez. Cada uno les asaltaba con preguntas diferentes, todas formuladas a la vez, de suerte que la pareja se hallaba aturdida y sin poder pronunciar una palabra, y eso que el uno era abogado y la otra una muchacha joven.

—¡Mr. Higginbotham! ¡Mr. Higginbotham! ¡Cuéntennos los detalles sobre el viejo Mr. Higginbotham! —gritaba la multitud—. ¿Cuál ha sido el veredicto del juez? ¿Han sido detenidos los asesinos? ¿Ha salido de su desmayo la sobrina de Mr. Higginbotham? ¡Mr. Higginbotham! ¡¡Mr. Higginbotham!!

El mayoral no decía una palabra, si no eran terribles maldiciones porque el posadero no le traía los caballos de refresco que había pedido. El abogado, por su parte, tenía en alerta sus cinco sentidos, incluso cuando dormía; lo primero que hizo, una vez se enteró de la causa de aquella excitación, fue sacar una cartera roja de grandes dimensiones. Mientras tanto, Dominicus Pike, que era un hombre en extremo cortés y que suponía que una lengua femenina relataría la historia más locuazmente y con mayores detalles que un abogado, sacó a la joven viajera del coche. Era una muchacha esbelta y elegante, de aspecto vivaz y despierto, y con una boca tan encantadora que Dominicus hubiera oído con más placer de ella un cuento de amor que la historia de un asesinato.

—¡Señoras y señores! —decía entretanto el abogado a los tenderos, a los aserradores y a las obreras—. Puedo asegurarles que toda esta conmoción se halla provocada por un error inexplicable o, más probablemente, por una falsedad intencionada, dirigida a perjudicar el crédito de Mr. Higginbotham. Hemos pasado por Kimballton a las tres de esta madrugada y seguro que habríamos sido informados del asesinato si este hubiera sido efectivamente perpetrado. Pero, a mayor abundancia, tengo pruebas tan irrefutables como el propio testimonio oral de Mr. Higginbotham de que nada de lo que aquí se ha contado es verdad. Aquí tienen ustedes una nota referente a un pleito suyo en Connecticut, la cual me ha sido entregada por Mr. Higginbotham mismo. Como ustedes pueden ver, se halla firmada a las diez de la noche pasada.

Mientras hablaba, el abogado exhibió la fecha y firma de la nota, la cual probaba incontestablemente que, o bien Mr. Higginbotham estaba vivo cuando la escribió, o bien —como algunos pensaban maliciosamente— que se hallaba tan absorbido por los negocios que continuaba sus transacciones incluso después de muerto. Pero, como si todo ello fuera poco, de repente apareció un testigo inesperado. La joven de la diligencia, después de oír las explicaciones del vendedor ambulante, se detuvo un momento para poner en orden su vestido y arreglarse el pelo, y se dirigió enseguida a la puerta de la posada, desde donde hizo un gesto pidiendo atención.

—Buena gente —dijo—, ¡yo soy la sobrina de Mr. Higginbotham!

Un murmullo de admiración y extrañeza recorrió la multitud al ver tan rosada y risueña a la misma persona que, de creer a la *Parker's Falls Gazette*, hubiera debido hallarse presa de desmayos continuos y a las puertas de la muerte. Si bien, todo hay que decirlo, también había habido algunos escépticos que dudaban de que una muchacha joven y hermosa se desesperara tan inconsolablemente por la muerte de un tío rico y de quien ella era la única heredera.

—Bien podéis ver, pues, que toda esta historia carece en absoluto de fundamento en lo que a mí se refiere, y lo mismo puedo aseguraros en relación con mi querido tío Mr. Higginbotham. Aun cuando contribuyo a mi sustento como maestra en una escuela, mi tío tiene la gentileza de darme hospitalidad en su misma casa. Esta mañana he salido de Kimballton para pasar las vacaciones de esta semana con un amigo, a unos ocho kilómetros de Parker's Falls. Cuando me oyó bajar por las escaleras, mi generoso tío me llamó al lado de su cama y me dio dos dólares y cincuenta centavos para que pagara mi viaje en la diligencia y un dólar para mis gastos particulares. Después volvió a meter la cartera debajo de la almohada, me estrechó la mano y me aconsejó que llevara algo de comer en el equipaje y no almorzara en el camino. Estoy relativamente segura, pues, de que dejé a mi tío bastante vivo cuando partí, y tengo la confianza de encontrarlo en la misma situación cuando vuelva.

La joven hizo una reverencia al terminar su breve alocución, la cual había sido tan sentida, tan bien construida y pronunciada con tal gracia y desenvoltura que todos los oyentes pensaron que era digna de una maestra del mejor colegio del país. Un extraño hubiera podido suponer, sin embargo, que Mr. Higginbotham era objeto de un odio insaciable en Parker's Falls y que lo que hasta entonces se había celebrado era en realidad una acción de gracias en honor de sus asesinos, tal fue, en efecto, la ira que se apoderó de los vecinos de la aldea al saber el error en que habían incurrido. Los aserradores resolvieron rendir públicos honores a Dominicus Pike, dudando tan solo si untarlo con brea, si colocarlo sobre la vía del tren o si refrescarlo con un buen chorro de agua en la misma fuente desde cuyo frontispicio se había anunciado a sí mismo como el portador de la noticia. Aconsejados por el abogado, los representantes del ayuntamiento hablaban de llevarlo ante los tribunales por hacer circular noticias falsas que ponían en peligro la paz de la comunidad. Nada habría salvado a Dominicus de la justicia inmediata del pueblo o de la justicia de los tribunales si la sobrina de Mr. Higginbotham no hubiera acudido en su auxilio apelando a los buenos sentimientos del vecindario de Parker's Falls. Después de dirigir unas breves palabras de gratitud a su salvadora, el vendedor ambulante montó de nuevo en su carromato y partió de la ciudad entre verdaderas descargas de artillería a cargo de los chicos de la escuela, que habían encontrado para el caso todo un arsenal de municiones en un barrizal próximo. Para colmo de desdichas, cuando volvía la cabeza para cruzar una última mirada de despedida con la sobrina de Mr. Higginbotham, una pelota de barro de la consistencia de un pastel poco hecho le dio de lleno en la boca y lo dejó con un aspecto lamentable. Toda su persona se hallaba de tal forma salpicada y sucia con tan inmundos proyectiles que, durante un momento, tuvo la idea de retroceder y de suplicar que le diesen el remojón con que lo habían amenazado, pues, aunque el baño forzoso no había sido imaginado para su solaz, no había duda, sin embargo, de que en la situación en que el pobre Dominicus se hallaba habría constituido una obra de caridad.

Sin embargo, el sol lucía y se vertía a raudales sobre nuestro vendedor ambulante y el fango que, como un símbolo de oprobio inmerecido, le llenaba el traje y la cara, se secó pronto y pudo cepillárselo sin esfuerzo. Como se trataba de un carácter alegre y despreocupado, su corazón comenzó a iluminarse otra vez, y hubo incluso un momento en que no pudo contener la risa al pensar en el alboroto que había ocasionado y que todavía iba a causar la historia del asesinato. Los edictos del ayuntamiento provocarían la detención de todos los vagabundos del Estado; el artículo de la *Parker's Falls Gazette* sería reproducido en todos los periódicos, desde Main hasta Florida, y llegaría quizá a constituir materia para una noticia en la prensa de Londres, de modo que algún pobre de espíritu temblaría tras su lectura pensando en su dinero y en su vida, y representándose la suerte terrible que había cabido a Mr. Higginbotham. El vendedor ambulante meditaba también con pasión sobre los encantos de la joven maestra, jurando para sí que ni el mismo Daniel Webster había hablado o mirado como miss Higginbotham cuando lo defendía a él del populacho de Parker's Falls.

Dominicus se hallaba ahora en la valla que deslindaba en la carretera el término de Kimballton y decidió visitar la ciudad. A medida que iba acercándose al escenario del supuesto asesinato, más vueltas daba en su cabeza a las extrañas circunstancias del caso y más asombro sentía al considerar el aspecto que revestía el asunto. Si no hubiera ocurrido nada que confirmase la historia del primer desconocido, podría haber creído que el cuento había sido una broma de mal gusto; pero el mestizo tenía, sin duda, perfecto conocimiento tanto de la historia como del hecho, y, además, su aspecto atemorizado y culpable cuando oyó la pregunta de buenas a primeras encerraba ya de por sí un misterio. Si a esta extraña combinación de acasos se añadía que el rumor coincidía exactamente con el carácter y las costumbres de Mr. Higginbotham, y que este tenía un huerto, y un peral en él, cerca del cual solía pasar a la caída de la tarde, la historia del asesinato revestía una evidencia tal que Dominicus dudaba incluso si eran bastantes para desvirtuarla el autógrafo mostrado por el abogado y el mismo testimonio directo de la sobrina. Por medio de preguntas discretas a lo largo de la carretera, el vendedor ambulante supo asimismo que Mr. Higginbotham tenía a su servicio un irlandés de carácter dudoso, al que había contratado sin recomendación alguna y solo por razones de economía.

—¡Que me ahorquen ahora mismo si creo que Mr. Higginbotham no ha sido asesinado, antes de verle con mis propios ojos y de oírlo decir de su misma boca! —exclamó en voz alta Dominicus Pike al llegar a la cima de una solitaria colina.

Estaba oscureciendo ya cuando llegó a la caseta de la barrera de Kimballton, situada a un par de kilómetros poco más o menos de la aldea del mismo nombre. Su yegua le había hecho coincidir con un jinete que pasó la barrera delante de él, saludó con la cabeza a los empleados municipales y prosiguió en dirección al lugar. Dominicus se puso de acuerdo con el encargado de la caseta sobre la cantidad a pagar, y mientras este último cambiaba ambos comenzaron a hacer las observaciones corrientes acerca del tiempo.

—Supongo —dijo el vendedor ambulante, dejando el látigo apoyado en el costado de la yegua— que hará un día o dos que no ve usted a Mr. Higginbotham.

—Al contrario —dijo el encargado de la caseta—. Acaba de pasar la barrera ahora mismo delante de usted, y, si la oscuridad no se lo impide, todavía puede verle allí cabalgando. Ha estado esta tarde en Woddfield asistiendo a una subasta pública. Por lo general, nos da un apretón de manos y después habla un rato con nosotros. Hoy, en cambio, se ha contentado con saludar con la cabeza, como si dijera «cargadme en cuenta los impuestos», y ha seguido al trote. Y es que, se encuentre donde se encuentre, Mr. Higginbotham quiere estar siempre en casa a las ocho de la noche.

—Así me lo han contado, en efecto —dijo Dominicus.

—En mi vida he visto un hombre tan amarillo y tan enjuto como el juez de paz —continuó diciendo el consumero—. Esta misma noche me decía a mí mismo que más parece un fantasma que una persona de carne y hueso.

El vendedor ambulante aguzó sus ojos a través de las sombras del crepúsculo y pudo ver todavía al jinete, ya a alguna distancia, por el camino que conducía a Kimballton. Le pareció incluso reconocer la espalda de Mr. Higginbotham, pero entre la oscuridad creciente y el polvo que levantaban los cascos del caballo, la figura aparecía etérea e inmaterial, como si estuviera hecha de sombras y luz gris. Dominicus sintió que un escalofrío le recorría el cuerpo.

«Mr. Higginbotham ha vuelto del otro mundo a través de la barrera de Kimballton», pensó.

Sacudió las riendas a la yegua y se puso en marcha, manteniendo siempre la misma distancia de la sombra gris que caminaba delante de él, hasta que en una revuelta del camino esta desapareció de sus ojos. Al llegar a este punto, Dominicus no vio ya al jinete, sino que se encontró a sí mismo a la entrada de la calle principal del pueblo, no lejos de una serie de tiendas y de dos posadas agrupadas en torno a la casa comunal. A la izquierda se extendían un muro de piedra y una verja que delimitaban un bosquecillo, detrás del cual se hallaba un huerto, más allá un sembrado y, finalmente, una casa. Era la posesión de Mr. Higginbotham, cuya residencia se encontraba junto a la antigua carretera, ahora algo apartada por la nueva barrera de consumos de la aldea. Dominicus conocía el lugar y la yegua se detuvo instintivamente, pues él no había tirado de las riendas.

—¡Que Dios me proteja, pero no puedo pasar de largo por esta verja! —exclamó temblando—. ¡Estoy seguro de que no volveré a ser persona hasta que vea si Mr. Higginbotham está colgado o no de la rama de un peral en su huerto!

Bajó del carromato, ató las riendas al freno y comenzó a andar por el sendero del bosque como si el mismo diablo le siguiera. En ese momento precisamente comenzaron a sonar en el reloj del lugar las ocho de la noche, y, como llevado por las campanadas, Dominicus aceleró el paso, hasta que por fin distinguió en el centro del huerto, solitario y lúgubre, el fatídico peral. Una rama de grandes dimensiones se destacaba del tronco a través del sendero, poniendo una nota de sombra en el paraje. ¡Pero lo que dejó helado a nuestro héroe fue que debajo de la rama algo se debatía y movía violentamente!

El vendedor ambulante nunca había pretendido tener más valor del que conviene a una persona de ocupaciones pacíficas, y nunca pudo explicarse de dónde sacó su arrojo en esos terribles momentos. Lo cierto es, sin embargo, que, sin pensarlo ni un instante, se lanzó hacia adelante, tendió al suelo de un golpe con el látigo a un hercúleo irlandés y se encontró cara a cara, no colgado del peral, pero sí temblando debajo de él, al mismo y auténtico Mr. Higginbotham.

—Mr. Higginbotham —dijo trémulamente Dominicus—, sois una persona honrada y creo en vuestra palabra. Decidme: ¿habéis sido ahorcado, sí o no?

Llegados a este punto, pocas palabras bastarán para explicar cómo un acontecimiento futuro pudo ser predicho con tal precisión y exactitud. Tres hombres habían proyectado robar y asesinar a Mr. Higginbotham. Dos de ellos perdieron sucesivamente el valor y huyeron, obligando cada vez con su huida a diferir el crimen durante una noche. El tercero se hallaba en el momento mismo de llevar a cabo el asesinato cuando un paladín, obedeciendo ciegamente la llamada del destino, como los héroes de los viejos romances, apareció en la persona de Dominicus Pike.

Solo nos queda por decir que Mr. Higginbotham cobró gran afecto al vendedor ambulante, otorgándole la mano de la joven maestra y poniendo a nombre de ambos toda su propiedad, no reservándose para sí más que los intereses. Cuando le llegó su hora, el anciano fue favorecido por una muerte cristiana, tras la cual Dominicus Pike abandonó Kimballton para establecer una gran fábrica de tabaco en mi aldea natal.

David Swan

Una fantasía

Los humanos conocemos, aunque parcial e incompletamente, los acontecimientos que influyen de forma real en el curso de nuestra vida o nuestro destino último. Sin embargo, hay una serie innumerable de otros acontecimientos —si es que pueden llamarse así— que descienden oscuramente sobre nosotros y que pasan de largo sin producir ningún efecto y sin traicionar su presencia o su proximidad, ni siquiera por un rayo de luz o una sombra vertida en nuestras mentes. Si conociéramos todas las vicisitudes de nuestro destino, la vida estaría demasiado plena de esperanza y de temor, de optimismo y desaliento, para que nos permitiera una sola hora de tranquila serenidad. Una página de la historia secreta de David Swan podrá ilustrarnos esta idea.

La vida de David Swan no nos interesa hasta que nos lo encontramos, a los veinte años de edad, caminando por la carretera que conduce desde su lugar natal a la ciudad de Boston, donde su tío, un pequeño traficante de especias, iba a colocarlo en el negocio. Baste decir que era oriundo de New Hampshire, descendiente de una familia respetable, y que había recibido la habitual educación escolar, con la consiguiente finalización de un curso en la Academia Gilmanton. Después de haber caminado a pie desde la salida del sol hasta cerca del mediodía de un día de verano, la fatiga y el calor creciente le determinaron a sentarse en la primera sombra que encontrara, a fin de esperar allí el paso de la diligencia. Como plantado a propósito para él, casi inmediatamente surgió ante su vista un pequeño grupo de arces con un claro en el centro y un manantial fresco y rumoroso, tan sugestivo todo como si hubiera estado verdaderamente esperando a David Swan. El viajero besó el agua con sus labios sedientos y se tendió después a la orilla del manantial, envolviendo en un pañuelo alguna ropa y poniéndolo todo debajo de la cabeza a modo de almohada. El resplandor del sol no llegaba hasta él; de la carretera, empapada por la lluvia del día anterior, no se levantaba polvo alguno, y su lecho de hierba era, para el joven caminante, suave y acogedor como un colchón de plumas. El manantial murmuraba levemente a su lado, las ramas oscilaban bajo el azul del cielo y un sopor profundo, cargado quizá de sueños, fue descendiendo sobre David Swan. Pero lo que aquí vamos a relatar no son los sueños de nuestro protagonista.

Mientras él yacía profundamente dormido en la sombra, otra gente muy despierta iba y venía a pie, a caballo y en toda suerte de vehículos a lo largo de la carretera inundada de sol. Algunos no miraban ni a la derecha ni a la izquierda, y no se percataban de que nuestro viajero dormía a la vera del camino; otros simplemente miraban la carretera, sin admitir la presencia del durmiente entre sus afanosos pensamientos; otros se reían al verlo durmiendo tan profundamente, y otros, en fin, cuyos corazones se abrasaban en la llama de la soberbia, lanzaban sus venenosas banalidades contra David Swan. Una viuda todavía joven y sin nadie en el mundo volvió la cabeza hacia la orilla del manantial, diciéndose que el adolescente respiraba un encanto indescriptible, sumido como estaba en su hondo sueño. Un predicador de La Liga de la Abstinencia miró también hacia él, y llevó al pobre David al texto de su sermón de aquella tarde, poniéndole como un caso repulsivo de embriaguez al borde de la carretera. Pero lo mismo la censura que la alabanza, la alegría, el desprecio y la indiferencia, todo era igual, es decir, todo era nada para David Swan.

No había dormido más que unos pocos minutos cuando un carruaje de color pardo, arrastrado por un magnífico tiro de caballos, se inclinó ligeramente a un lado y fue a detenerse a la misma altura del lugar en que se hallaba descansando David. Un perno del eje se había caído, haciendo que una rueda se saliera de su sitio. El accidente no revestía importancia, y tan solo causó una alarma momentánea a un comerciante ya de alguna edad y a su mujer, que volvían a Boston en el vehículo. Mientras que el cochero y un criado se esforzaban en colocar de nuevo en su sitio la rueda, el comerciante y su mujer se acomodaron a la sombra de los arces, observando el curso del manantial y el profundo sueño de David. Impresionados por el aura de respeto que todo durmiente, aun el más humilde, derrama en torno a sí, el comerciante se retiró todo lo que su gota le permitía;

su esposa se esforzó en evitar el susurro de su vestido de seda, a fin de no despertar a David.

—¡Qué profundamente duerme! —murmuró el comerciante—. ¡Mira con qué ritmo respira! Un sueño así, producido sin narcótico ninguno, sería para mí de más valor que la mitad de mi fortuna. Este sueño significa salud y una conciencia tranquila.

—Y juventud, además —dijo la esposa—. Aun con salud, la edad madura no duerme así. Nuestro sueño no se parece más a él que nuestro estado de vigilia.

Cuanto más lo miraban, tanto más interesado se sentía el matrimonio en el joven desconocido, para el que el resplandor de la carretera y la sombra de los arces parecían constituir algo así como un aposento retirado decorado de rico damasco. Al darse cuenta de que un rayo de sol le daba en el rostro, la esposa enlazó una rama con otra para interceptarlo. Y al llevar a cabo este gesto de ternura, comenzó a sentirse como una madre frente al durmiente.

—La Providencia parece habernos traído aquí —susurró la mujer a su esposo— y habernos hecho encontrarle, después del desengaño que hemos sufrido con el hijo de nuestro primo. Me parece incluso ver en él una semejanza con nuestro pobre Enrique. ¿No lo despertamos?

—¿Para qué? —dijo el comerciante, indeciso—. No sabemos nada de su carácter.

—¡Pero y ese rostro sin nubes! —replicó la esposa también en voz baja, aunque en tono serio—. ¡Ese sueño inocente!

Mientras el matrimonio hablaba así, ni el corazón del durmiente experimentó la más mínima emoción, ni su respiración se hizo más acelerada, ni, en fin, sus rasgos desvelaron el menor interés. Y sin embargo, la Fortuna estaba inclinada sobre él, dispuesta en aquellos momentos a volcar sobre su persona el cuerno de la abundancia. El viejo comerciante había perdido a su único hijo y no tenía más herederos de todo su patrimonio que un pariente lejano, con cuya conducta no estaba ni mucho menos satisfecho. En casos como este, los hombres acostumbran a realizar actos aún más extraños que el de representar el papel de mago bondadoso y despertar a la riqueza y al esplendor a un joven que se había dormido poco antes en la miseria.

—¿No quieres que lo despertemos? —repitió la señora en tono persuasivo.

—El coche está listo, señor —dijo a sus espaldas la voz del criado.

El matrimonio enrojeció y se puso en marcha apresuradamente, admirándose ambos de que por un instante hubieran pensado en hacer algo tan ridículo. El comerciante se aisló en una esquina del carruaje y comenzó a meditar sobre el proyecto de construir un asilo magnífico para hombres de negocio arruinados. Mientras tanto, David Swan gozaba tranquilamente de su sueño.

No se habría alejado el coche más de dos o tres kilómetros cuando una muchacha linda y esbelta pasó por el camino con un paso saltarín que indicaba cómo le iba bailando el corazón en el pecho. Quizá fue precisamente este alegre compás de su paso lo que hizo que —¿nos atreveremos a decirlo?— se le aflojara una de las ligas. Dándose cuenta de ello, la joven se dispuso a remediar el problema y se dirigió al bosquecillo de arces, donde, de pronto, se vio frente al joven dormido. Enrojeciendo hasta la raíz del cabello como si hubiera penetrado en el dormitorio de un hombre, la joven se dispuso a alejarse de puntillas para no turbar el reposo del durmiente. Pero justamente en aquel instante un peligro se cernía sobre la cabeza de este. Una abeja, una monstruosa abeja, había estado zumbando todo el tiempo, unas veces posada en las ramas de los árboles, otras reluciendo en los rayos de luz que se filtraban entre las hojas, otras refugiándose en la sombra, hasta que, al fin, se posó precisamente en uno de los párpados de David Swan. La picadura de una abeja puede ser mortal a veces. Tan valerosa como inocente, la joven atacó al insecto con su pañuelo, lo espantó y no paró hasta que lo vio alejarse de debajo del árbol a cuya sombra dormía David. ¡Qué cuadro tan dulce e inocente! Cumplida esta buena acción, con la respiración entrecortada y el rostro encendido de rubor, la joven lanzó una larga mirada a aquel desconocido por cuya causa había luchado con un dragón alado.

«¡Qué hermoso es!», pensó, y enrojeció aún más intensamente.

¿Cómo podía ser que ningún ensueño de felicidad turbara la mente de David? ¿Cómo era posible que ningún presentimiento lo agitara permitiéndole ver a la bella viajera entre los fantasmas que poblaban su sueño? ¿Por qué, al menos, no se dibujó en su rostro una sonrisa de bienvenida? Había llegado ella, la mujer cuya alma, según una antigua y hermosa metáfora, era parte de la suya, y a quien él en todos sus vagos pero apasionados anhelos había ambicionado encontrar un día. A ella solo podía amarla con un amor perfecto, lo mismo que solo a él podía recibirlo ella en las profundidades de su corazón. Y ahora su imagen se reflejaba en la fuente, a su lado mismo. Si ella partía, la lámpara de la felicidad de David Swan no volvería a lucir ya sobre su vida.

—¡Qué profundamente duerme! —murmuró la viajera.

Y la muchacha partió, pero su paso no era ya tan saltarín y ligero como cuando llegó.

Pensemos, además, que el padre de la joven era un comerciante muy floreciente establecido en un lugar cercano, el cual, a la sazón, buscaba a un joven de las mismas condiciones aproximadamente que David Swan. Si David hubiera trabado conocimiento con la muchacha, una de esas amistades que se anudan en los viajes, seguro que se habría convertido en empleado del padre, con todas las consecuencias que ello hubiese significado para él. También aquí, pues, la fortuna —la mejor de las fortunas— había pasado tan cerca de él que su aliento lo había rozado; y, sin embargo, David no se había dado cuenta de nada.

Apenas se habría perdido de vista la muchacha cuando dos hombres penetraron en el círculo de sombra de los arces. Ambos tenían facciones siniestras, puestas aún más de relieve por una especie de boina que llevaban encasquetada hasta los ojos. Sus trajes estaban gastados por el uso, pero no carecían de cierta elegancia. Era una pareja de vagabundos y salteadores de caminos, acostumbrados a vivir de lo que el demonio les ponía al paso y que se disponían a jugarse ahora a las cartas el producto de su próxima fechoría. De repente, sin embargo, vieron a David durmiendo a pierna suelta, y uno de los bandidos susurró al otro:

—¡Psss! ¿No ves el hatillo que tiene debajo de la cabeza?

El otro asintió con la cabeza, hizo un gesto con la mano y miró en derredor.

—Apuesto una pinta de brandi —dijo el primero—

a que el mozo tiene ahí o bien una cartera o bien un buen montón de monedas sueltas escondidas entre los calcetines. Y, si no, seguro que lo tiene en el bolsillo del pantalón.

—Pero ¿y si se despierta? —objetó el segundo.

—¡Tanto peor para él! —dijo su compinche abriéndose la chaqueta y señalando el mango del puñal que llevaba a la cintura.

—¡Vamos, pues! —murmuró en voz baja el otro.

Los dos rufianes se acercaron al pobre David, y mientras uno dirigía la punta del puñal al corazón del joven, el otro comenzó a registrar el hatillo que tenía debajo de la cabeza. Los dos rostros siniestros y contraídos, en los que se reflejaba a la vez la culpa y el temor, tenían un aspecto tan horrible como para que David los hubiera tomado por enviados del averno, en caso de haberse despertado súbitamente y haberlos visto inclinados sobre él. Es seguro que si se hubiesen visto en el espejo de la fuente, ni ellos mismos se habrían reconocido. Pero David Swan dormía con un aspecto tan tranquilo como cuando de niño reposaba en el regazo de su madre.

—Tengo que quitarle el hatillo de debajo de la cabeza —dijo uno de los bandidos.

—¡Si se mueve, lo liquido! —susurró el otro.

Sin embargo, en aquel preciso instante apareció un perro olisqueando la hierba que se quedó mirando sucesivamente a los dos salteadores y después al joven dormido. A continuación bebió un poco de agua del manantial y partió corriendo.

—¡Maldito sea! —dijo uno de los rufianes—. No podemos hacer nada ahora. Seguro que el dueño del perro va a aparecer de un momento a otro.

—¡Bebamos un trago y marchémonos! —dijo el otro. El que había esgrimido el puñal volvió a meterlo en la funda y sacó una especie de pistola, pero no de las que matan o hieren. Era un frasco de aguardiente, con un tapón metálico en el cuello, el cual adoptaba la forma de un arma de fuego. Cada uno bebió de él un largo trago y abandonaron el lugar con tales ademanes y riéndose de tal manera por el fracaso de su fechoría que cualquiera diría que la alegría les rebosaba del cuerpo. A las pocas horas habían olvidado completamente todo el asunto, sin pensar siquiera que el Ángel del Recuerdo había inscrito en sus almas el pecado de asesinato, con letras tan indelebles como la misma eternidad. Por lo que a David Swan se refiere, su sueño continuaba siendo tan profundo y tranquilo como antes, plenamente inconsciente de la sombra de muerte que había pendido sobre él y sin sentir tampoco la llama de nueva vida que había lucido al desvanecerse aquella sombra.

Poco después, el sueño del joven dejó de ser tan tranquilo como antes. Una hora de reposo había borrado de sus miembros la fatiga que había pesado sobre ellos después de una mañana entera de camino. Ahora comenzó a agitarse, sus labios se movieron sin pronunciar un sonido, murmuró algunas palabras como para sí y pareció dirigirse a los espectros que habían visitado su sueño en aquel mediodía radiante. De repente, se oyó un ruido de ruedas, cada vez más distinto y profundo, hasta que disipó los últimos restos del sueño de David. Era la diligencia. David abrió los ojos, se puso en pie de un salto y de nuevo fue el de siempre.

—¡Eh!, ¡cochero! ¿Puede tomar otro pasajero? —gritó.

—¡Acomódate! —respondió el hombre.

David subió al vehículo y, sacudido por sus vaivenes y saltos, siguió alegremente el camino hacia Boston, sin tener ni la más leve idea de aquel tumulto de vicisitudes que, semejantes a un acontecer irreal, habían pasado a su lado. Ni sabía que la Riqueza había inclinado un momento sobre él su cuerno dorado, ni que el Amor había suspirado a su vera, ni que la Muerte había asomado también su faz lívida junto a él. Y todo ello en aquella hora escasa en que había estado entregado al sueño. Dormidos o en vela, los hombres no percibimos nunca el paso alado de las cosas que «casi han sucedido». ¿No es un argumento decisivo de la existencia de una Providencia superior el que, a pesar de los múltiples acontecimientos invisibles o inesperados que se cruzan en nuestra vida, esta reviste una regularidad suficiente para que los mortales puedan prever, siquiera parcial e imperfectamente, su propio porvenir?

El experimento del doctor Heidegger

Aquel hombre singular que fue el doctor Heidegger invitó una vez a su estudio a cuatro antiguos amigos suyos. Eran tres ancianos de barba y pelo grises, Mr. Medbourne, el coronel Killigrew y Mr. Gascoigne, y una mujer mustia y consumida conocida por el nombre de la viuda Wycherly. Todos ellos eran personas de edad que habían padecido grandes infortunios en la vida y cuya desgracia mayor era no encontrarse ya en la tumba. Mr. Medbourne había sido en sus años más buenos un comerciante rico y próspero, pero lo había perdido todo por una inversión fallida y ahora se encontraba en una situación más o menos de un pobre de solemnidad. El coronel Killigrew había dilapidado sus mejores años, su salud y su vida persiguiendo placeres sensuales, los cuales le habían dado como remuneración tardía una gota pertinaz y tormentos incontables del cuerpo y del espíritu. Mr. Garcoigne era un político fracasado, un hombre de mala fama que había conservado su equívoca reputación hasta que el tiempo había borrado su nombre de la mente de la generación actual, haciendo de él un ser oscuro más que infamado. Por lo que a la viuda Wycherly se refiere, la tradición nos dice que había sido una gran belleza en su juventud, pero que durante largo tiempo había tenido que vivir en un apartamiento absoluto como resultado de ciertas historias escandalosas que habían predispuesto en contra de ella a toda la gente de la ciudad. Una circunstancia digna también de mencionar es la de que cada uno de estos tres ancianos, Mr. Medbourne, el coronel Killigrew y Mr. Gascoigne, habían sido pretendientes de la viuda Wicherly y que todos habían estado un día a punto de degollar a los demás por culpa de ella. Antes de seguir adelante, quiero indicar que tanto el doctor Heidegger como sus cuatro invitados tenían cierta reputación de no estar muy en sus cabales, como suele acontecer a gentes de alguna edad a quienes atormentan preocupaciones presentes o recuerdos dolorosos.

—Queridos y viejos amigos —dijo el doctor Heidegger, indicándoles que tomaran asiento—, tengo el deseo de que asistan a uno de esos pequeños experimentos que yo acostumbro a realizar en mi estudio.

Si es verdad lo que la fama dice, el estudio del doctor Heidegger debió de ser un lugar harto extraño. Era un aposento oscuro y amueblado a la antigua, ornado con telas de araña y con todos sus objetos cubiertos de polvo. Adosadas a las paredes se veían estanterías de nogal, en cuyas baldas inferiores se alineaban enormes libros, mientras que las superiores se hallaban reservadas para pequeños volúmenes encuadernados en pergamino. Sobre la librería del centro se hallaba un busto de Hipócrates, con el cual, al decir de las gentes, el doctor Heidegger celebraba consulta en los casos difíciles de su práctica. En el rincón más oscuro de la estancia se hallaba un armario alto y estrecho de nogal, con la puerta entreabierta, dentro del cual podía verse la silueta inquietante de un esqueleto. Entre dos de las estanterías colgaba un espejo, que mostraba su luna polvorienta en un marco antiguo de oro deslustrado. Entre las muchas historias que se contaban de este espejo figuraba la de que dentro de su marco habitaban los espíritus de todos los pacientes muertos del doctor, los cuales le miraban frente a frente cada vez que dirigía su vista hacia él. En el lado opuesto de la habitación se veía el retrato de tamaño natural de una joven, vestida con una mustia magnificencia de seda, satén y brocados, y con un rostro tan lánguido como sus propios vestidos. Hacía medio siglo aproximadamente que el doctor Heidegger había estado a punto de casarse con esta joven; sin embargo, poco antes de la boda, se sintió algo indispuesta, tomó una de las prescripciones de su prometido y murió la noche antes de la ceremonia. Queda todavía por mencionar la gran curiosidad del estudio: un gran libro encuadernado en cuero negro y con grandes cerraduras de plata maciza. El volumen no tenía inscripción alguna en el lomo y nadie podía saber, por tanto, el título del libro. Sin embargo, todos sabían que se trataba de una obra de magia; y una vez que una doncella se atrevió a sacar el volumen de su sitio con la intención de quitarle el polvo, el esqueleto se agitó en su armario, el retrato de la prometida del doctor se elevó un pie sobre el suelo y varios rostros miraron desde el espejo, mientras la cabeza broncínea de Hipócrates arrugaba el entrecejo diciendo: «¡Prohibido!».

Así era el estudio del doctor Heidegger. En la tarde de verano de nuestra historia, una pequeña mesa redonda, negra como el ébano, se hallaba en el centro de la estancia, y sobre ella una vajilla de cristal de forma exquisita y magnífica talla. La luz del sol penetraba por la ventana a través de dos pesados cortinajes de damasco y venía a caer directamente sobre esta vasija, devolviendo una especie de tenue resplandor que iba a reflejarse en los rostros cenicientos de los cinco ancianos reunidos en torno a la mesa. Sobre la mesa se hallaban también cuatro copas de champán.

—Queridos y viejos amigos —volvió a repetir el doctor Heidegger—, ¿puedo contar con ustedes para realizar un experimento extraordinariamente singular?

El doctor Heidegger era un hombre, casi un anciano, raro en extremo y cuyas excentricidades se habían convertido en el núcleo de mil relatos fantásticos. Algunas de estas historias, para mi vergüenza, todo sea dicho, deben ser atribuidas a mi modesta persona, y si algunas partes de la presente someten a una prueba excesivamente dura la credulidad del lector, caiga sobre mí el estigma de la irrealidad y de la invención.

Cuando los invitados del doctor oyeron las palabras de este sobre el proyectado experimento, solo se plantearon la asistencia al asesinato de un pobre ratón bajo la cámara de la máquina neumática, al examen al microscopio de una tela de araña o a alguna otra de las minucias con que el médico acostumbraba a importunar a sus invitados. Sin esperar la respuesta, el doctor Heidegger atravesó a pasos irregulares la estancia y volvió con el libro encuadernado en piel negra, del que el rumor general decía que era un libro de magia. Haciendo saltar sus cerraduras de plata, el doctor abrió el volumen y extrajo de dentro una rosa, cuyas hojas verdes y cuyos pétalos encendidos habían adquirido un tono mustio y pardusco, ofreciendo un aspecto tan mísero y frágil que hubiera podido creerse que iba a quedar reducida a polvo al tocarla con sus manos el dueño de la casa.

—Esta rosa —dijo el doctor Heidegger—, esta misma rosa mustia y a punto de deshacerse, brilló y floreció hace ahora cincuenta y cinco años. Sylvia Ward, cuyo retrato pueden ustedes ver ahí, me la dio, y yo tenía la intención de llevarla en mi solapa al día siguiente en nuestra boda. Durante cincuenta y cinco años ha estado guardada y conservada entre las hojas de este viejo volumen. ¿Les parece a ustedes posible que esta rosa de más de medio siglo de edad pueda florecer de nuevo?

—¡Imposible! —dijo la viuda Wycherly, sacudiendo la cabeza con impaciencia—. Con el mismo fundamento puede usted preguntarnos si puede florecer de nuevo la faz arrugada y mustia de una mujer vieja.

—¡Miren entonces! —dijo el doctor Heidegger por toda respuesta.

Destapó la vasija que se hallaba sobre la mesa y depositó la rosa sobre el agua que aquella contenía.

Al principio la flor quedó flotando ligeramente sobre el líquido sin que, al parecer, absorbiera nada de su humedad. Pronto, sin embargo, los invitados pudieron percibir un cambio extraordinario. Los pétalos secos y contraídos se pusieron tensos y brillantes, recuperando un intenso tinte rojo; el tallo adquirió una vez más su jugosidad primitiva, las hojas se tornaron verdes y al poco tiempo la rosa de hacía más de medio siglo se encontraba tan fresca y fragante como cuando Sylvia Ward se la regaló a su prometido. Casi totalmente abierta, algunas hojas se rizaban todavía sobre sí, mientras en la corola tintineaban diamantinas unas gotas del líquido misterioso.

—¡He aquí algo verdaderamente extraordinario!
—dijeron los amigos del doctor, aunque no demasiado
estupefactos, pues ya habían sido otras veces testigos
de maravillas todavía mayores realizadas por este—.
¿Puede decirnos cómo ha logrado usted esto?

—¿No han oído ustedes hablar de esa Fuente de la
Juventud que, hace dos o tres siglos, fue a buscar Ponce
de León, un aventurero español? —dijo el doctor Heidegger.

—Pero ¿llegó a encontrarla efectivamente? —preguntó la viuda Wycherly.

—No —respondió el doctor Heidegger—, porque
Ponce de León no la buscaba en su verdadero lugar. La
famosa Fuente de la Juventud se encuentra, si mis in-
formes no me engañan, en la parte meridional de la
península de Florida, no lejos del lago Macaco. La
fuente de donde mana el agua se encuentra a la sombra
de unas gigantescas magnolias, las cuales, aunque cuentan ya innumerables siglos, se mantienen tan frescas
como acabadas de plantar, gracias a las virtudes de esa
agua maravillosa. Un conocido mío, que sabe de mi
afición por estas cosas, me ha enviado el líquido que
ven ustedes en esta vasija.

—Bueno, bueno —dijo el coronel Killigrew, que no
creía ni una palabra de toda la historia del doctor—.
¿Y cuál es el efecto de este líquido en el organismo humano?

—Ustedes mismos serán jueces de ello, querido coronel —replicó el doctor Heidegger—, pues cada uno
se halla invitado a tomar aquella parte de líquido que le
haga falta para devolver a sus venas el fuego de la juventud. Por mi parte, he tenido tantos dolores a medida
que iba avanzando por el camino de la vida que no

tengo el menor deseo de volver una vez más a la juventud. Con el permiso de ustedes, me contentaré con seguir como espectador el curso del experimento.

Mientras hablaba así, el doctor Heidegger había ido llenando las cuatro copas de champán con el agua de la Fuente de la Juventud. El líquido poseía, al parecer, cierta efervescencia, pues desde el fondo de cada una de las copas ascendían sin cesar burbujas que estallaban en la superficie como gotas de plata. Como el líquido exhalaba un aroma agradable, los cuatro invitados no dudaron de que poseía cualidades reconfortantes y, aun cuando se sentían harto escépticos en lo que a sus virtudes rejuvenecedoras se refería, todos se mostraron dispuestos a apurar su copa. El doctor Heidegger, sin embargo, les suplicó que se detuvieran un momento.

—Antes de que beban de esta agua maravillosa, mis queridos amigos, sería conveniente que extrajeran de su experiencia aquellas reglas de conducta que deberán guiarles a través de esos peligros de la juventud con los que se van a enfrentar por segunda vez. Piensen en la vergüenza que significaría que, con los años de vida que todos ustedes tienen tras de sí, vivieran, sin embargo, una segunda juventud, sin convertirse en maestros de virtud y sabiduría para todos los de su misma edad.

Los cuatro respetables amigos del doctor no respondieron más que con una risa débil y trémula; tan absurda les parecía la idea de que, sabiendo hasta qué punto el arrepentimiento castiga los errores, pudieran ellos otra vez dejarse arrastrar por iguales faltas que antaño.

—Beban ustedes, pues —dijo el doctor haciendo una pequeña reverencia—. Me alegro de haber escogido tan bien a los sujetos de mi experimento.

Con manos trémulas, los cuatro acercaron las copas a sus labios. Si, efectivamente, poseía las virtudes que el doctor Heidegger le atribuía, a nadie podía haber sido concedido este líquido que más lo necesitase que a estos cuatro seres humanos. Todos ellos tenían el aspecto de no haber sabido nunca lo que era la juventud ni la ventura, y de haber sido siempre esas mismas criaturas grises, decrépitas y miserables que se inclinaban ahora en torno de la mesa, sin suficiente vida ni en sus cuerpos ni en sus almas para sentirse animadas, ni siquiera ante la perspectiva de regresar de nuevo a la juventud. Los cuatro bebieron el agua y depositaron después las copas sobre la mesa.

Casi en el mismo instante tuvo lugar un cambio en el aspecto de las cuatro personas, semejante al que pudiera haberles producido un vaso de vino generoso, unido al resplandor repentino del sol sobre sus fisonomías. En lugar del tono ceniciento que había dado hasta ahora a su tez un aspecto cadavérico, sus mejillas empezaron a colorearse súbitamente. Los cuatro comenzaron a mirarse unos a otros, pensando que, efectivamente, algún poder mágico borraba los trazos profundos y tristes que el Padre Tiempo había estado grabando durante tantos años en sus facciones. La viuda Wicherly se ajustó la cofia, comenzando a sentirse de nuevo algo así como una mujer.

—¡Denos más de esta agua maravillosa! —gritaron los cuatro ansiosamente—. Somos más jóvenes, pero todavía somos demasiado viejos. ¡Deprisa! ¡Denos usted más!

—Paciencia, paciencia —dijo el doctor Heidegger, que observaba el experimento con la frialdad del filósofo—. Durante decenios enteros han estado ustedes haciéndose viejos. Debería bastarles, pues, con convertirse en algo más jóvenes en media hora. Pero, no obstante, el agua está a su disposición.

Así hablando, el doctor Heidegger llenó de nuevo las copas con el líquido de la juventud, del cual quedó todavía en la vasija una cantidad suficiente para devolver a todos los ancianos de la ciudad a la edad de sus propios nietos. Mientras las burbujas estaban aún subiendo a la superficie, los cuatro invitados del doctor tomaron sus copas de la mesa y se bebieron el líquido de un trago. ¿Sería ilusión? Mientras el filtro encantado estaba pasando por sus gargantas, cada uno de ellos experimentó un cambio total en su organismo. Sus ojos se hicieron claros y brillantes, una sombra oscura comenzó a dibujarse entre la plata de sus cabezas, y los que ahora se sentaban en torno a la mesa eran tres caballeros de mediana edad y una señora que parecía hallarse en la frontera de la primera y la segunda juventud.

—Mi querida Mrs. Wycherly, es usted encantadora —dijo el coronel Killigrew, cuyos ojos habían estado fijos en el rostro de la viuda, mientras las sombras de la edad desaparecían de él como la oscuridad retrocede ante los primeros resplandores del alba.

La viuda conocía de antiguo que los cumplidos del coronel Killigrew no se movían estrictamente dentro de los límites de la pura verdad, así que se levantó y corrió hacia el espejo, temiendo que volviera a salirle allí al encuentro la faz arrugada y contrahecha de una anciana. Mientras tanto, los tres caballeros se comportaban de un modo como para pensar que el agua de la Fuente de la Juventud poseía también ciertas cualidades intoxicantes, a no ser que el ardor exuberante de sus ánimos fuera un vértigo momentáneo producido por la repentina desaparición del peso de los años. La mente de Mr. Gascoigne parecía dirigirse al terreno político, aunque era imposible decir si al pasado, presente o futuro, pues las mismas ideas y frases que él pronunciaba habían estado en circulación durante los últimos cincuenta años. Unas veces profería atropelladamente frases altisonantes sobre patriotismo, gloria nacional y derechos del pueblo; otras, murmuraba sobre alguna materia peligrosa, perdiéndose en un susurro tan leve que ni su propia conciencia podía percatarse del secreto; otras, en fin, hablaba en un tono tan mesurado y con acentos tan respetuosos como si unos oídos regios lo estuvieran escuchando. Durante ese tiempo, el coronel Killigrew había estado canturreando una tonada alegre y haciendo sonar su copa al compás de la misma, mientras sus ojos iban sin cesar hacia las formas seductoras de la viuda Wycherly. Al otro lado de la mesa, Mr. Medbourne se hallaba sumido en un cálculo de dólares y centavos, con el cual se mezclaba extrañamente un proyecto para proveer de hielo a las Indias Orientales valiéndose de algunas ballenas que arrastraran los icebergs de los mares polares.

Por su parte, la viuda Wycherly se hallaba delante del espejo admirándose y sonriendo embobada a su propia imagen, a la que saludaba como si fuese su amigo más querido en el mundo. Acercó su rostro al espejo para ver si, efectivamente, se habían desvanecido todas las arrugas y las patas de gallo que durante tanto tiempo habían estigmatizado su fisonomía. Examinó si la nieve había desaparecido hasta tal extremo de sus cabellos que de nuevo podría quitarse la cofia que ahora cubría su cabeza. Finalmente, se apartó con brusquedad del espejo y se dirigió a la mesa con una especie de paso de baile.

—Mi buen doctor, tenga la bondad de servirme otra copa.

—Sin duda, señora, sin duda —replicó este complacientemente—. Mire usted, ya están llenas de nuevo las copas.

Allí se hallaban, en efecto, las cuatro copas rebosantes del agua maravillosa, cuya efervescencia, al quebrarse en la superficie, semejaba al brillo oscilante de unas perlas líquidas. La caída de la tarde se había acentuado tanto que las sombras invadían el aposento más que nunca; no obstante, una luz dulce y lunar surgía de dentro de la vasija que contenía el agua de la juventud, fijando su resplandor en los cuatro invitados y en la venerable figura del doctor Heidegger. Este se hallaba sentado en un sillón de roble de alto respaldo y cuidada talla, manteniendo una severa dignidad que hubiera podido corresponder perfectamente a aquel Padre Tiempo cuyo poder no había sido disputado nunca hasta aquella tarde y por los allí reunidos. Mientras estos bebían por tercera vez del agua de la juventud, hubo un momento en que la expresión del doctor tendió casi un velo de temor sobre sus ánimos.

Pero al momento siguiente un chorro de nueva vida se precipitó en sus venas. Los cuatro se hallaban en la edad deliciosa de la primera juventud. Los años y la vejez, con su triste secuela de cuidados, preocupaciones y desengaños, eran recordados solo como una pesadilla, de la que felizmente habían despertado. El brillo del alma, tan tempranamente perdido, y sin el cual las escenas sucesivas del mundo no habían sido más que una galería de cuadros deslustrados, tendía de nuevo su encanto sobre todos sus proyectos. Los cuatro se sentían como seres recién creados en un universo también acabado de crear.

—¡Somos jóvenes! ¡Somos jóvenes! —gritaron todos a coro desbordando alegría.

La juventud, al igual que la cima de la edad, había borrado las características marcadas propias de los años de madurez, asimilándoselos a todos. Lo que allí había era un grupo de jóvenes alborozados a los que quitaba casi el seso la alegría exuberante de sus pocos años. El efecto más singular de su alegría era un impulso a mofarse de los achaques y de la decrepitud de que hasta hacía tan poco tiempo ellos mismos habían sido víctimas. Se reían a carcajadas de sus anticuados atavíos, de sus casacas con cenefas y de sus amplios chalecos, así como de la cofia y el vestido pasado de moda de la que ahora era una joven en plena juventud y belleza. Uno atravesaba renqueando la habitación, queriendo imitar a un anciano atormentado por la gota; mientras otro se ponía unas gafas e imitaba a un viejo forzando la vista para leer; un tercero se sentó incluso en un sillón imitando la actitud venerable del doctor Heidegger. Después todos gritaron alborozadamente, dando saltos por la estancia. La viuda Wycherly —si es que a una joven tan lozana podía llamársela viuda— se dirigió con paso saltarín al sillón del doctor con una expresión maliciosa en su rostro sonrosado.

—Mi querido y pobre doctor, levántese y baile conmigo —le dijo.

Y ante estas palabras los otros tres rieron a carcajadas, pensando en la triste figura que compondría el viejo doctor si se ponía a bailar.

—Perdóneme —respondió el doctor Heidegger tranquilamente—. Soy un viejo, y reumático por añadidura, y los días en que podía bailar han pasado hace mucho para mí. Pero alguno de estos jóvenes que nos acompañan seguro que se sentirán encantados de bailar con una pareja tan hermosa.

—Baile conmigo, Clara —gritó el coronel Killigrew.

—¡No!, ¡no!, ¡no! ¡Yo seré su pareja! —exclamó Mr. Gascoigne.

—Clara me prometió su mano hace cincuenta años —repuso a su vez Mr. Medbourne.

Todos se apiñaban en torno a ella. Uno le apresó las manos, estrechándoselas apasionadamente; otro le pasó el brazo por la cintura mientras otro hundía su mano entre los brillantes rizos que asomaban por debajo de la cofia. Enrojeciendo, jadeante, luchando, increpando, riendo, rozando con su aliento cálido unas veces uno y otras otro de los rostros que la rodeaban, ella luchaba por desasirse, sin conseguirlo. Nunca hubo cuadro más delicioso de rivalidad juvenil, con una beldad seductora por premio. Aunque, debido a la creciente oscuridad de la estancia y a los trajes anticuados que todavía llevaban, se ha dicho que el espejo reflejaba solo las figuras de tres viejos, mustios y decrépitos, pugnando ridículamente entre sí por una vieja fea y huesuda.

Pero todos eran jóvenes, y el ardor de su pasión lo probaba así. Inflamados hasta la locura por la coquetería de la vieja rejuvenecida, que ni rechazaba ni admitía enteramente a ninguno, los tres rivales comenzaron a cruzar miradas amenazadoras. Sin abandonar a su preciada presa, sus manos se dirigieron a la garganta de los demás. En el curso de la lucha que se desarrolló a continuación los contendientes derribaron la mesa y la vasija se estrelló contra el suelo en mil pedazos. El agua de la juventud se extendió por el suelo en un arroyo brillante, humedeciendo las alas de una mariposa, que, habiendo cumplido el ciclo de su vida, había venido a morir allí. El insecto revoloteó por la estancia y fue a posarse en la cabeza nevada del doctor Heidegger.

—¡Calma, calma, señores! ¡Vamos, madame Wycherly! —gritó el doctor—. Ustedes comprenderán que tengo que protestar contra este alboroto.

Todos cejaron en el tumulto y se estremecieron. Parecía, en efecto, como si el Tiempo gris les llamara otra vez desde su soleada juventud al valle oscuro y helado de los años. Sus miradas se fijaron en el doctor Heidegger, que permanecía sentado en su sillón manteniendo entre sus dedos la rosa de medio siglo, que había podido salvar de entre los trozos de la vasija rota. A un gesto de su mano, los tres contendientes tomaron asiento; en su mayoría gustosamente, pues el violento ejercicio les había fatigado, aun siendo jóvenes como lo eran.

—¡Mi pobre rosa! —exclamó el doctor Heidegger, sosteniendo la flor en las sombras del crepúsculo—. Me parece que otra vez comienza a mustiarse.

Y así era, en efecto. A la vista de los reunidos, la flor comenzó a arrugarse y a contraerse, quedando tan seca y frágil como cuando el doctor la extrajo por primera vez de entre las páginas del libro. El doctor, finalmente, sacudió de sus hojas unas gotas de humedad que habían quedado prendidas allí.

—La amo lo mismo así que en su frescura mañanera —dijo, acercando la mustia rosa a sus mustios labios. Mientras hablaba, la mariposa cayó muerta al suelo desde la cabeza nevada del doctor.

Los cuatro invitados se estremecieron de nuevo. Un frío extraño, que no sabían decir si era del cuerpo o del espíritu, se apoderaba gradualmente de ellos. Se miraron unos a otros y les pareció que cada momento que pasaba borraba un encanto de sus rostros y dejaba un surco más profundo allí donde antes no lo había habido. ¿Era una ilusión? ¿Habían sido concentrados en tan corto espacio todos los cambios de una vida y de nuevo se sentaban cuatro ancianos en torno a su viejo amigo el doctor Heidegger?

—¿Estamos envejeciendo de nuevo? —exclamaron todos a la vez con angustia.

En efecto, así era. El agua de la juventud poseía una virtud más transitoria todavía que la del vino, y el delirio causado por ella se había desvanecido. ¡Sí! ¡Otra vez eran viejos! Con un movimiento tembloroso, que indicaba que todavía era una mujer, la viuda se cubrió el rostro con sus huesudas manos y deseó que la tapa del ataúd descendiera sobre ella, si no podía volver a ser hermosa.

—Sí, amigos míos, otra vez son ustedes viejos —dijo el doctor Heidegger—, y, además, el agua de la juventud se ha derramado totalmente. Por mi parte, no lo lamento. Aun cuando la misma fuente manara al pie de mi puerta, no daría un paso para humedecer mis labios en su agua. ¡No! ¡Aunque su delirio durase años en lugar de momentos! Tal es la lección que ustedes me han enseñado.

Sin embargo, los amigos del doctor no habían aprendido esta lección. Inmediatamente decidieron emprender una peregrinación a Florida, para beber allí mañana, tarde y noche, a grandes tragos, del líquido maravilloso de la Fuente de la Juventud.

Una boda extraña

Hay una iglesia en la ciudad de Nueva York que yo he contemplado siempre con interés singular a causa de una boda que se celebró en ella en circunstancias poco corrientes, en la época en que mi abuela era todavía una muchacha. Mi abuela tuvo la suerte de ser espectadora de la escena, y más tarde hizo del suceso una de sus historias favoritas. No soy suficientemente entendido en arqueología para poder asegurar si el edificio que ahora se halla en el mismo sitio es idéntico a aquel al que ella se refería, y, por otra parte, no quiero corregirme a mí mismo de un error agradable, deteniéndome a mirar un día la inscripción que sobre la puerta del templo dice la fecha exacta de edificación del mismo. Se trata de una iglesia de amplias proporciones, rodeada de un jardín encerrado entre muros, dentro del cual pueden verse hornacinas, pilares, obeliscos y otras formas de mármol monumental, que son unas veces tributos de afección particular y otras rememoraciones más espléndidas de la vanidad y el polvo de la historia. Así situada, y aunque el tumulto de la ciudad rueda a pocos pasos de su torre, uno se siente inclinado a atribuirle a esta iglesia una atmósfera de leyenda.

El matrimonio a que nuestra historia se refiere puede considerarse como resultado de un compromiso muy anterior, aunque en el intermedio había habido dos bodas por parte de la novia y cuarenta años de celibato por parte del novio. A los sesenta y cinco años, Mr. Ellenwood era un hombre huraño, aunque no totalmente apartado de la sociedad; egoísta, como todos los hombres que han vivido a solas con sus corazones, si bien mostrando, a veces, una vena de sentimientos generosos; un hombre dedicado durante toda su vida al trabajo intelectual y, sin embargo, siempre indolente, porque sus estudios no tenían un objeto definido: ni el provecho público ni la ambición personal; un caballero de elevada educación y escrupulosamente delicado, aun cuando exigiendo a veces para su conducta una relajación de las reglas que determinan de ordinario el trato social. Pese a huir por sensibilidad de la curiosidad pública, había tenido la desdicha de convertirse en el asunto del día por alguna de sus increíbles excentricidades, y había tantas anomalías en su carácter que la gente trataba de explicarse su conducta por alguna locura hereditaria. Sin embargo, no había necesidad de apelar a esta explicación para comprender el carácter de Mr. Ellenwood. Sus caprichos tenían su origen en un intelecto al que le faltaba el soporte de alguna empresa digna de él y en una sensibilidad que, falta de otro alimento, hacía presa en sí misma. Si realmente estaba loco, ello era la consecuencia, y no la causa, de una vida sin objeto y fracasada.

La viuda constituía el más absoluto contraste con su futuro esposo, excepto, naturalmente, en lo que a la edad se refiere. Forzada a romper su primer compromiso matrimonial, se había unido a un hombre que le doblaba la edad, para quien ella representó una excelente esposa, y a cuya muerte heredó una fortuna espléndida. Un caballero de los estados del Sur, bastante más joven que ella misma, consiguió después su mano, y la llevó consigo a Charleston, donde después de unos años desgraciados, volvió a encontrarse viuda. Habría sido bastante singular que una delicadeza llena de sentimientos hubiera sobrevivido a una vida como la de Mrs. Dabney; estos habían sido pisoteados y agostados por su primer desengaño, por el frío deber de su primer matrimonio, por el abandono de los principios del corazón tras una segunda unión y por la rudeza de su último marido, que la había llevado inevitablemente a unir la idea de su muerte con la de la tranquilidad para ella. Por decirlo de manera clara: Mrs. Dabney pertenecía a esa clase de mujeres de inteligencia y experiencia extraordinarias, pero de poca o ninguna ternura, una especie de filósofo que sabía llevar las penas del corazón con ecuanimidad, renunciando a todo lo que habría debido ser su felicidad y administrando de la mejor manera lo que aún le quedaba. Entendida en muchas materias, la viuda era una persona de lo más amable, a excepción de una debilidad que la ponía en ridículo constantemente. Careciendo de hijos, no le quedaba el recurso de continuar siendo hermosa por delegación, es decir, en la persona de una hija, y por ello se decidió a resistir por todos los medios tanto a envejecer como a perder su belleza. Luchó con el tiempo, manteniendo casi su fragancia, a pesar de él, hasta que el venerable contrincante pareció renunciar al botín, no considerándolo, sin duda, digno de que por él se combatiera.

La próxima boda de esta mujer de mundo con un hombre tan poco de mundo como Mr. Ellenwood fue anunciada poco después de que Mrs. Dabney retornase a su ciudad natal. Tanto los observadores superficiales como los más profundos parecieron coincidir en la suposición de que ella era, sin duda, la que había hecho que el asunto llegara al estado en que se hallaba; había, en efecto, consideraciones formales de que ella estaba en situación de apreciar mucho más que Mr. Ellenwood, y había además en esta unión tardía de dos seres que se habían amado en su juventud un fantasma espacioso de sentimentalismo y novelería que suele, a veces, trastornar el juicio a una mujer que ha perdido sus sentimientos auténticos en el curso de la vida. La incógnita era grande y él, con su falta de experiencia del mundo y su susceptibilidad para el ridículo, podía haber sido llevado a consentir en una medida que era, a la vez, prudente y risible. Pero mientras la gente hablaba, llegó la fecha de la boda. La ceremonia iba a ser celebrada de acuerdo con las formas episcopales y en «iglesia abierta», es decir, con un grado de publicidad que atrajo a muchos espectadores, que ocuparon los asientos delanteros de las galerías y los bancos próximos al altar y a lo largo de la nave principal. Había sido convenido, o era quizá costumbre de la época, que ambas partes, el novio y la novia, se trasladasen separadamente a la iglesia. Debido a algún accidente involuntario, el novio fue algo menos puntual que la novia y su acompañamiento, que llegaron antes que aquel. Con esta llegada comienza propiamente la acción de nuestra historia y terminan estos preliminares, si bien fastidiosos, también indispensables para el mejor entendimiento de aquella.

Se oyó el ruido irregular de las ruedas de varios coches anticuados, y las damas y caballeros que componían el cortejo de la novia penetraron por la puerta de la iglesia causando el mismo efecto que el que podría producir un resplandor inusitado traspasando la penumbra del templo. Todo el grupo, si se prescinde de la figura principal, era una imagen de alegría y juventud. Cuando sus componentes avanzaron a través de la nave principal, mientras los bancos y las columnatas parecían relucir a ambos lados, sus pasos resonaron tan alegres como si hubieran confundido la iglesia con un salón de baile, y se dispusieron a comenzar una cuadrilla al pie del altar. Tan brillante era el espectáculo que pocos se dieron cuenta de un fenómeno singular que subrayó su entrada en el templo. En el momento mismo en que el pie de la novia se posaba en el umbral, la campana de la torre dejó oír un sonido profundo que se fue transmitiendo en ecos sucesivos. Las vibraciones de este tañido murieron y retornaron con solemnidad redoblada cuando la novia penetró en la iglesia.

—¡Dios de los cielos! —exclamó una muchacha dirigiéndose a su novio—. ¡Vaya un presagio!

—Por mi honor —replicó este— que creo que la campana ha sonado espontáneamente. ¿Qué tiene que ver su tañido con una boda? Estoy seguro, Julia, de que si fueras tú la que te acercaras al altar, la campana repicaría con sus más alegres sonidos. Para esta boda, sin embargo, no tiene más que un redoble de funeral.

La novia y muchos de sus acompañantes habían estado demasiado concentrados en la animación de la entrada para oír el primer tañido de la campana o, al menos, para reflexionar sobre la singularidad de este saludo en momentos como aquellos. Todos continuaron avanzando con la misma e imperturbada alegría.

Los fastuosos trajes de la época, los vestidos de tercio-
pelo carmesí, los sombreros ornados con galones de
oro, las faldas armadas, la seda, el satén, el brocado y
los encajes, todo ello dispuesto para hacer resaltar más
la gentileza de las personas, hacían aparecer al grupo
más como un cuadro de luz y colorido deslumbrante
que como algo real y tangible. Sin embargo, por alguna
perversión del gusto, el artista había pintado la figura
principal del cuadro tan arrugada y decrépita, vistién-
dola con el brillante esplendor de un atavío magnificente, que parecía como si una joven bella y seductora,
centro de toda la ceremonia, se hubiera mustiado y envejecido para servir de ejemplo y lección a las hermosas
que la rodeaban. A medida que seguían andando, y
cuando apenas habrían recorrido la tercera parte de la
nave principal, un nuevo tañido lúgubre y profundo
pareció llenar la iglesia con un eco tenebroso que oscu-
recía la suntuosa magnificencia del momento. Solo
cuando se perdieron los últimos ecos de la campana
pareció volver a brillar el cortejo, como un rayo de sol
que luce después de haberse disipado los últimos jiro-
nes de niebla.

Esta vez el grupo entero vaciló y se detuvo, y sus
componentes se apiñaron mientras se oía un chillido
exhalado por alguna de las damas y el rumor de las observaciones que intercambiaban los caballeros en voz
baja. Oscilando así de un lado a otro, el cortejo podía
compararse fantásticamente con un espléndido ramille-
te de flores sacudido por una ráfaga de viento que ame-
nazara con desprender los pétalos de una rosa pasada,
amarillenta y mustia. Tal parecía, en efecto, la novia, ya
en las fronteras de la vejez, en medio de su corte de jóvenes bellezas. Pero el heroísmo de esta era admirable.

En un primer momento se estremeció y un escalofrío irreprimible le recorrió el cuerpo, como si el tañido de la campana le hubiera descendido directamente al corazón. Sin embargo después se recobró y, mientras sus acompañantes se hallaban todavía impresionados, se puso de nuevo a la cabeza del cortejo y siguió a través de la nave de la iglesia con paso tranquilo. La campana, a su vez, siguió sonando, doblando y vibrando con la misma trágica regularidad que cuando un cadáver es llevado a su último reposo.

—Mis jóvenes amigos han experimentado una pequeña sacudida de nervios —dijo con una sonrisa la viuda al sacerdote que les aguardaba en el altar—. Tantas bodas han sido iniciadas con el repicar alegre de campanas, para después tornarse en fuente de desventuras para los esposos que puedo permitirme esperar algo mejor bajo auspicios tan diferentes como los que hasta ahora nos han acompañado.

—Madame —respondió el rector con la mayor perplejidad—, esta extraña ocurrencia me trae a la memoria un sermón de boda del famoso obispo Taylor, en el cual mezcló tantos pensamientos de muerte y temores futuros que, para hablar en su propio rico estilo, pareció ornar la cámara nupcial con negros crespones y cortar el traje de novia como si de los restos de una mortaja se tratara. Ha sido, en efecto, costumbre en algunas naciones poner siempre en sus ceremonias nupciales un matiz de tristeza, aunque solo sea para mantener así presente la idea de la muerte al concluir el acto más importante de la vida. Saquemos, pues, una moraleja triste pero provechosa de este fúnebre tañido.

Sin embargo, aun cuando el sacerdote hubiera podido incluso extraer una moraleja todavía más aguda

del incidente, no dejó por ello de enviar inmediatamente a alguien que inquiriera la causa del tañir de las campanas, dándole instrucciones para que hiciera cesar
enseguida algo tan poco apropiado al ambiente de una
boda. Pasó un corto espacio de tiempo, durante el que
el silencio solo se vio interrumpido por susurros y algunas risas contenidas entre los acompañantes de la novia
y los espectadores de la ceremonia, los cuales, pasada la
primera impresión, parecían experimentar un regocijo
malintencionado a causa del incidente. Los jóvenes
muestran, por lo general, mucha menos caridad por las
locuras de la vejez que lo que esta pone de manifiesto
por las de aquellos. Durante un segundo, se vio cómo la
mirada de la viuda se dirigía a una ventana de la iglesia,
como si a través de esta buscara en el cementerio vecino
la lápida, ya gastada por el tiempo, que ella había dedicado a su primer marido; después, sus párpados des-
cendieron sobre sus ojos apagados y sus pensamientos
se vieron irresistiblemente arrastrados hacia otra tumba. Dos hombres enterrados la llamaban a su lado.
Quizá un sentimiento de veracidad la venció un momento, y pensó cuánto más feliz habría sido su destino
si, después de años de felicidad, la campana hubiera
sonado ahora para sus funerales y ella hubiera sido entregada a la tierra seguida por el cariño de su primer
amado, que haría ya largos años que era su esposo. Pero
¿por qué había vuelto hacia él ahora, cuando sus corazones helados rehuían ya el unirse?

Mientras tanto, la campana seguía tañendo a muerto con tonos tan lúgubres que la luz del sol parecía he-
larse en el aire. Un rumor susurrante, procedente de los
que se encontraban cerca de las ventanas, se extendió
por toda la iglesia. Por la calle se acercaba una carroza

fúnebre con un acompañamiento de varios coches, un entierro que conducía a algún muerto al cementerio de la iglesia, mientras la novia esperaba a un vivo al pie del altar. Inmediatamente después se oyeron en la puerta del templo los pasos del novio y de sus amigos. La viuda miró a través de la nave central y su mano se crispó tan intensamente en el brazo de una de sus damas de honor que la muchacha sintió que un estremecimiento le recorría el cuerpo.

—¡Me asustáis, madame! —dijo esta—. ¿Qué pasa?

—Nada, mi buena amiga, nada —dijo la viuda, aunque añadiéndole después al oído—: Es una absurda fantasía que no puedo alejar de mí. Estoy esperando ver venir a mi prometido, llevando de pajes de honor a mis dos primeros esposos.

—¡Mire! ¡Mire! —gritó la muchacha—. ¿Qué es eso? ¡Un funeral!

Al mismo tiempo que estas palabras eran pronunciadas, un cortejo fúnebre penetró en la iglesia. Primero venían dos ancianos, un hombre y una mujer, como si fueran las dos figuras principales, ambos vestidos de negro de arriba abajo, destacándose de ellos solo la palidez del rostro y la nieve de los cabellos; él llevaba un bastón y le daba apoyo a ella con su brazo tembloroso. Cuando el lúgubre cortejo estuvo más cerca, la viuda fue reconociendo en cada rostro de los que lo componían algún rasgo de amigos antiguos, olvidados hacía tiempo y que ahora volvían, quizá salidos de sus tumbas, para advertirle a ella que era tiempo de que preparara también su mortaja. Quizá pretendían mostrar sus arrugas y su decrepitud, para decirle así a ella hasta qué punto era su propia compañera. Muchas noches gozosas había bailado con ellos, y ahora, en la edad en que la alegría desaparece, le parecía que una de aquellas figuras temblorosas, que un día habían sido sus parejas, podía tomarla de la mano y comenzar una danza de la muerte al compás del doblar fúnebre de las campanas.

Mientras estas figuras funerarias iban atravesando la nave central del templo, podía verse cómo, de banco en banco, los espectadores se estremecían con un sentimiento invencible de horror, como si vieran sucesivamente algún objeto hasta entonces oculto por las figuras que componían el cortejo. Muchos volvían el rostro, otros se mantenían en una actitud rígida e inmóvil, y una joven comenzó a gritar histéricamente y perdió el conocimiento. Cuando todo este séquito espectral llegó al altar, cada pareja se separó a un lado y solo entonces pudo verse que en el centro había una figura a cuyo alrededor se había acumulado toda esta pompa lúgubre, el doblar de las campanas y la ceremonia funeraria entera. ¡Era el novio, que venía vestido con una mortaja!

Ningún atavío podía haber sido más adecuado al aspecto lívido de aquel hombre, semejante en todo a un cadáver. Sus ojos tenían el brillo desasosegado de una lámpara sepulcral y el resto de su figura estaba revestida por la misma calma pétrea que llevan los ancianos al sepulcro. El cuerpo del novio permaneció inmóvil, pero su voz se dirigió a la viuda con acentos que parecían mezclarse con el sonido de la campana, cuyo tañido volvió a resonar pesadamente mientras él hablaba.

—¡Ven a mí, esposa mía! —dijeron sus labios lívidos—. El ataúd está dispuesto y el sepulturero nos espera a la puerta de nuestra tumba. Casémonos y marchemos después a nuestros ataúdes.

¿Cómo describir el horror de la viuda al oír estas palabras? Su rostro adquirió un aspecto fantasmal, lo que la hacía aparecer aún más como desposada de un muerto. Las jóvenes que la acompañaban, estremeciéndose a la vista del cortejo, se habían apartado del novio con la mortaja y de ella misma. La escena entera parecía representar la necia contienda de las vanidades de este mundo, cuando se oponen a la edad, a la enfermedad, al dolor y a la muerte. El angustioso silencio que siguió fue roto por el sacerdote.

—Mr. Ellenwood —dijo dulcemente, aunque con un tono no exento de autoridad—, parece que no os encontráis bien. Vuestro cerebro se halla agitado por las circunstancias poco corrientes en que os encontráis. La ceremonia tiene que ser diferida. Como viejo amigo vuestro, permitidme que os acompañe a casa.

—A casa, sí, pero no sin mi esposa —respondió Mr. Ellenwood con el mismo acento sombrío—. Vos creéis que todo esto es una broma, o quizá una locura. Farsa y locura habría sido el que yo hubiese disfrazado mi figura quebrada y decrépita con terciopelos y encajes, y que hubiera forzado mis labios sin vida a revivir a mi corazón muerto. Pero ahora preguntad a jóvenes y viejos quién de los dos hemos venido con el atavío más adecuado para nuestra boda: la novia o el novio.

Y así hablando, avanzó con paso espectral hasta ponerse al lado de la viuda, estableciendo así un contraste indescriptible entre la pavorosa simplicidad de su mortaja y el brillo y oropel con que la novia se había adornado para esta terrible escena. Ninguno de los asistentes podía negar la espantosa severidad de la moraleja que el desordenado cerebro del novio había contribuido a extraer de la ceremonia.

—¡Cruel!, ¡cruel! —gimió sin fuerzas la novia.

—¡Cruel! —repitió también él. Pero después, perdiendo su compostura cadavérica, una explosión de cólera salvaje pareció apoderarse de su ánimo—: ¡Que el cielo diga quién de los dos ha sido más cruel para el otro! En mi juventud me despojaste de mi felicidad, de mis esperanzas, de mis ilusiones, quitándome la misma sustancia de mi vida y reduciendo esta a un sueño sin realidad, a un dolor interminable en cuyo seno me he movido sin cesar. Y después de cuarenta años, cuando ya he hecho cavar mi tumba y por nada querría dejar de acudir a su llamada, tú me haces venir al altar. He acudido a tu cita y aquí estoy. Pero otros esposos han gozado de tu juventud, de tu belleza, del calor de tu corazón y de todo lo que podía llamarse tu vida. ¿Qué has reservado para mí, sino tu decrepitud y tu muerte? Por eso he invitado a estos amigos a nuestro funeral, he encargado al sacristán que doble a muerto con los más tristes tañidos y he venido yo mismo en mi mortaja para casarme contigo como en un oficio de difuntos, para que unamos nuestras manos a la puerta del sepulcro y penetremos después juntos en él.

No era una especie de extravío; no era tampoco simplemente la embriaguez que una intensa emoción produce en un corazón no acostumbrado a ellas lo que ahora embargó el ánimo de la novia. La terrible lección del día había causado sus efectos y había hecho desaparecer la frívola vanidad que durante toda la vida había acompañado su carácter. Lentamente, puso su mano en la del novio y dijo:

—¡Sí! ¡Casémonos, aun a las puertas del sepulcro! Mi vida se ha ido en vanidades y frivolidad. Pero todo ello pertenece al pasado y ahora se alza ante mí un verdadero sentimiento. Este sentimiento ha hecho de mí otra vez lo que yo fui en mi juventud y me ha hecho, sobre todo, digna de ti. ¡El tiempo no existe ya para nosotros! ¡Unámonos para la eternidad!

El novio clavó una mirada larga y profunda en los ojos de ella, mientras una lágrima rodaba de los suyos. Esta explosión de sentimientos humanos tenía algo terriblemente extraño partiendo del pecho de una figura sepulcral. Pero el novio se enjugó la lágrima con la misma mortaja y dijo apasionadamente:

—¡Amada mía! ¡Amada de mi juventud! He estado fuera de mí al obrar como lo he hecho. La desesperación de toda mi vida ha vuelto concentrada a mí y me ha trastornado. Olvídalo, que yo también lo olvido. Sí, estamos en el atardecer de nuestras vidas y no hemos podido realizar ninguno de los sueños de felicidad que acariciamos en su mañana. Unamos, sin embargo, nuestras manos ante el altar, como amantes a quienes circunstancias adversas han separado en la vida, pero a los que esta reúne cuando ya están a punto de abandonarla, y que encuentran su amor terreno transformado en algo tan santo como la religión. ¿Qué es el tiempo para los desposados en la eternidad?

Entre las lágrimas de muchos y la elevación de sentimientos de todos los que poseían un alma noble, se celebró después el enlace de las dos almas inmortales. El cortejo enlutado de los acompañantes del novio, este mismo envuelto en su mortaja y con el pelo encanecido, los rasgos pálidos de la novia y su rostro envejecido, la campana doblando a muertos y cubriendo con su tañido las palabras sacramentales, todo indicaba que se estaba celebrando el funeral de unas esperanzas terrenas. Sin embargo, cuando la ceremonia tocó a su fin, el órgano, como si se sintiera sacudido por la emoción de esta escena impresionante, comenzó a hacer sonar un himno, cuyas notas se mezclaron primero con el sonido lúgubre de la campana, para alzarse después a alturas triunfantes y serenas. Y cuando el ritual terminó y salieron de la iglesia, unidas sus manos heladas los dos esposos eternos, los sonidos majestuosos del órgano hicieron callar al fin el tañido de la campana que había acompañado toda la ceremonia.

El Gran Rubí

Un misterio de las Montañas Blancas

A la caída de la tarde de un día de hace ya algún tiempo, una partida de aventureros se hallaba reunida en la vertiente más abrupta de las Montañas de Cristal, después de una búsqueda agotadora y estéril en pos del Gran Rubí. Habían llegado allí, no como amigos, ni siquiera como camaradas en una empresa común, sino llevados por el ansia egoísta y solitaria de apoderarse de la preciada gema, todos salvo una joven pareja. Sin embargo, sus sentimientos de camaradería eran lo bastante robustos para inducirles a ayudarse mutuamente en la construcción de una tosca cabaña y para encender en común un gran fuego con pinos desgajados y arrastrados por la corriente del Amonoosuck, en la ribera inferior del cual habían acampado para pasar la noche. Uno de ellos se hallaba tan fascinado por la búsqueda que no sentía satisfacción alguna ante la vista de otro rostro humano en aquella región remota y solitaria hasta la que habían ascendido. Una enorme extensión de tierras vírgenes se hallaba entre ellos y la colonia más próxima, mientras que escasamente a un kilómetro y medio sobre sus cabezas se veía aquella línea oscura donde los picos se despojan a sí mismos de su manto boscoso y se atavían con la riqueza de las nubes o se alzan desnudos hacia el cielo. El rugido del Amonoosuck hubiera sido demasiado pavoroso a la larga para ser oído solamente por un hombre solitario. Mientras, el torrente de la montaña conversaba con el viento.

Los aventureros intercambiaban entre sí gestos de hospitalidad y se daban la bienvenida en la cabaña, donde cada uno era anfitrión e invitado de la partida entera. Cada uno extendía sus víveres sobre la superficie lisa de una roca y participaba de la comida común, al final de la cual se extendía un sentimiento de cálida camaradería, contenido solo por la idea de que la búsqueda renovada del Gran Rubí iba a convertirlos de nuevo en extraños al día siguiente. Siete hombres y una muchacha se calentaban alrededor del fuego, el cual extendía su cortina luminosa sobre la parte frontal de la cabaña. Cuando vieron las figuras tan diversas y opuestas que formaban parte de aquel encuentro, semejando cada uno algo así como una caricatura de sí mismo en la luz inquieta que oscilaba sobre ellos, todos llegaron a la conclusión de que nunca, ni en la ciudad ni en el desierto, ni en las montañas ni en la planicie, se había reunido una sociedad más singular que aquella.

El de más edad del grupo era un hombre espigado, enjuto y curtido, de unos sesenta años, que iba vestido con pieles de animales salvajes, cuyas actitudes sabía imitar perfectamente, puesto que el ciervo, el lobo y el oso habían sido durante largo tiempo sus más íntimos compañeros. Era uno de esos hombres de signo siniestro, como los indios le llamaban, y a quien en su primera juventud el Gran Rubí había herido con una locura especial, convirtiéndose para él en el sueño obsesivo de su existencia. Todo el que visitaba aquella región lo conocía simplemente por el nombre de Buscador. Como nadie recordaba cuándo había emprendido por primera vez la búsqueda de la famosa piedra, en el valle del Saco circulaba la leyenda de que, en castigo por su desordenado afán por el Gran Rubí, había sido condenado a vagar sin pausa por las montañas hasta la consumación de los tiempos, siempre con igual esperanza febril a la salida del sol y siempre también con igual desesperación a la caída de la tarde. Cerca del pobre Buscador estaba sentado un personaje de no tanta edad, que cubría su cabeza con un sombrero de forma extraña e indefinible. Era un hombre de allende el mar, un tal doctor Cacaphodel, que se había convertido a sí mismo en una momia ajada y seca, a fuerza de inclinarse sobre hornillos de carbón y de respirar emanaciones malsanas durante sus constantes experimentos de química y alquimia. De él se decía, no sé si con razón o sin ella, que, al comienzo de sus estudios se había extraído la parte mejor de su sangre y había privado a su cuerpo de algunos componentes inestimables, con el fin de llevar a cabo cierto experimento fracasado, y que desde entonces no había vuelto a ser una persona sana y normal. Otro de los aventureros era Master Ichabod Pigsnort, un importante comerciante y regidor del ayuntamiento de Boston, y venerable de la famosa iglesia de Mr. Norton. Sus enemigos contaban de él que todas las mañanas y noches, después de la hora de la plegaria, acostumbraba a revolcarse completamente desnudo sobre una enorme cantidad de piezas de tres chelines, que era la moneda de plata más antigua de Massachusetts. El cuarto no tenía nombre conocido para sus compañeros, y se distinguía principalmente por una sonrisa maligna que contraía siempre su rostro y por unas gafas enormes que la gente suponía que tenían que deformar y decolorar toda la naturaleza a la vista del que las llevaba. El quinto aventurero también carecía de nombre, cosa tanto más trágica cuanto que, al parecer, se trataba de un poeta. Era un hombre de ojos vivos y brillantes, aunque terriblemente falto de vigor, lo cual parecía muy natural si, como alguna gente aseguraba, su alimento consistía en crepúsculos y neblinas mañaneras y una raja de las nubes más espesas que tenía a su alcance, todo ello sazonado con rayos de luna, siempre que podía procurárselos. Lo cierto, en todo caso, es que la poesía que de él manaba tenía un sabor a todas estas fantasmagorías. El sexto hombre era un joven de porte altanero, sentado un poco apartado de sus compañeros y tocado con un sombrero empenachado, mientras el resplandor del fuego iluminaba los ricos encajes de su traje y brillaba intensamente en la pedrería incrustada en el puño de su espada. Su nombre era Lord de Vere, y de él se decía que, cuando se hallaba en sus propiedades, gastaba gran parte de su tiempo en la cripta donde se hallaban enterrados sus antepasados, removiendo sus carcomidos ataúdes en busca de las riquezas y vanidades terrenas que pudieran hallarse todavía entre los huesos y el polvo. Tan tenaz había sido en esta búsqueda que había recogido para sí toda la vanagloria de sus antepasados.

Finalmente, se veía también a un joven apuesto vestido a lo rústico y, a su lado, una personita encantadora, en la cual la reserva de la adolescente se mezclaba con el fuego de la mujer enamorada. El nombre de ella era Hannah y el de su marido Matthew; dos nombres sencillos, bien escogidos para la dulce pareja, pero que tenían un algo extraño y como fuera de lugar en aquel extravagante encuentro de espíritus enfebrecidos por la idea del Gran Rubí.

Al amparo de la cabaña y al resplandor del mismo fuego se sentaba aquel grupo de aventureros, todos tan obsesionados por el mismo objetivo que de cualquier cosa que comenzasen a hablar era seguro que sus palabras terminarían iluminadas por el reflejo del Gran Rubí. Algunos de ellos relataban las circunstancias que los habían llevado hasta allí. Uno de ellos había oído en su propia patria el relato que un viajero hacía de la piedra maravillosa, e inmediatamente se había sentido presa de una sed tan ardiente por contemplar la gema que solo su brillo podría traerle ya calma y tranquilidad de nuevo. Otro la había visto llamear desde mar adentro, en los lejanos días de la llegada a las costas norteamericanas del famoso capitán Smith, y no había vuelto a tener reposo en los años siguientes hasta que pudo ponerse a la búsqueda de la piedra. Un tercero formaba parte de una expedición de caza, a unos sesenta kilómetros al sur de las Montañas Blancas, cuando se despertó a medianoche y vio al Gran Rubí flameante, parecido a un meteoro, mientras las sombras de los árboles iban cayendo detrás de él. Todos hablaban de las innumerables tentativas hechas hasta entonces para descubrir el lugar donde se hallaba el Gran Rubí y de la extraña fatalidad que hasta entonces había alejado el éxito de todos los aventureros, a pesar de lo fácil que tenía que ser, a primera vista, seguir hasta su fuente una luz que superaba la de la luna y casi vencía la del sol.

Durante la conversación, cada uno se sonreía irónicamente de la locura de los otros, prediciéndoles mejor suerte que en el pasado y, a la vez, acariciando la convicción apenas disimulada de que, en realidad, sería él el que a la postre se vería favorecido por la fortuna. Como sedante para sus desatadas esperanzas, acudían a tradiciones indias, según las cuales un espíritu guardaba la gema y confundía a aquellos que la buscaban, bien trasladándola de una cima a otra de las más altas montañas, bien haciendo surgir una cortina de niebla del lago encantado sobre el cual se hallaba. Sin embargo, estas leyendas no eran dignas de crédito. Todos los aventureros pensaban que si la búsqueda había fracasado hasta entonces, ello era por falta de sagacidad y perseverancia, o bien por alguna de las otras causas naturales que pueden impedir el paso hacia un punto determinado en los bosques, valles o montañas.

En una pausa de la conversación, el portador de las gafas descomunales a que antes nos hemos referido volvió su mirada en torno a los reunidos, haciendo a cada uno de ellos objeto sucesivamente de aquella sonrisa maligna que vagaba constantemente por sus labios.

—Bien, compañeros de peregrinación —dijo al fin—. Aquí estamos todos, siete hombres de talento y una encantadora damisela, ella misma tan inteligente sin duda como cualquiera de los hombres de pelo cano que componen nuestra reunión. Aquí estamos, digo, encadenados todos a la misma empresa. Estimo que no estaría fuera de lugar que cada uno de nosotros expusiera qué es lo que se propone hacer con el Gran Rubí, en el supuesto, claro está, de que tenga la buena fortuna de hacerse con él. ¿Qué dice nuestro buen amigo el de la piel de oso? ¿Cómo pensáis gozar del premio que habéis estado buscando, Dios sabe cuántos años hace, entre las Montañas de Cristal?

—¿Que cómo voy a gozar de él? —exclamó el viejo Buscador amargamente—. Mentiría si dijera otra cosa. No espero goce alguno de él. Sigo buscando esta maldita piedra porque la vana ambición de mi juventud se ha convertido para mí en un sino en mi vejez. La búsqueda es mi única fuerza, la energía de mi alma, el calor de mi sangre y la médula y sustancia de mis huesos. Si tuviera la idea de retroceder en este camino, seguro que caería muerto en el lado de la garganta, que es algo así como la puerta de entrada a estas montañas. Si no tuviera ya tras de mí la mayor parte de mi vida, es posible que renunciara a la búsqueda del Gran Rubí. Si, por lo demás, lo encontrara, me lo llevaría a una caverna que conozco, me abrazaría a él, me tendería en el suelo y moriría, uniéndolo así conmigo para toda la eternidad.

—¿Cómo podéis decir eso, desdichado? ¿Cómo podéis despreciar así los intereses de la ciencia? —gritó el doctor Cacaphodel, ardiendo en filosófica indignación—. No sois digno de contemplar, ni de lejos, el brillo de esta gema, la más preciosa que jamás haya sido fabricada en el laboratorio de la naturaleza. Mis intenciones son las únicas por las cuales un hombre de ciencia puede desear la posesión del Gran Rubí. Inmediatamente después de hacerme con él, pues habéis de saber que tengo el presentimiento de que este premio está destinado a coronar mi reputación científica, retornaría a Europa y emplearía el resto de mis años en reducir esta piedra única a sus primeros elementos. Una porción de ella la trituraría hasta que quedara convertida en polvo impalpable; otras partes las disolvería en ácidos o cualquier otra materia que actuara sobre un cuerpo tan admirable; el resto, finalmente, lo disolvería en el crisol o lo sometería al fuego del soplete. Por medio de estos procedimientos llegaría a un análisis minucioso y preciso de la gema, y, por último, escribiría un grueso libro, en el que comunicaría al mundo el resultado de todos mis esfuerzos.

—¡Magnífico! —dijo el aventurero de las gafas—. No dudéis un momento en la necesaria destrucción de la gema, ya que así podréis escribir ese libro que enseñará a todo mortal la manera de fabricar por sí mismo un Gran Rubí.

—Un momento —dijo a su vez Master Ichabod Pigsnort—. Por mi parte, tengo que oponerme radicalmente a la fabricación de estas nuevas gemas, con lo cual lo único que se lograría sería disminuir el valor en el mercado de la verdadera y auténtica. No debo ocultaros, señores, que tengo un interés, y grande, en mantener alto el precio de la piedra. He abandonado mis negocios ordinarios, he dejado mi comercio al cuidado de mis dependientes, he hecho correr un gran riesgo a mi crédito, he arriesgado incluso el peligro de ser muerto o capturado por los malditos y ateos indígenas, y todo ello sin atreverme a pedir el consejo de los ministros de mi congregación, ya que la búsqueda del Gran Rubí parece a cierta gente algo poco menos malo que el trato con el mismo demonio. ¿Y cree quizá alguno de vosotros que hubiera hecho correr tales peligros a mi alma, cuerpo, reputación y profesión sin una perspectiva razonable de ganancia concreta?

—Yo, desde luego, no, piadoso Master Pigsnort —dijo el de las gafas—. Jamás se me hubiera ocurrido pensar una locura semejante.

—Así lo espero, en efecto —dijo el comerciante—.

Por lo que al Gran Rubí se refiere, debo confesar, desde luego, que hasta el presente no he vislumbrado ni un lejano brillo de él. Sin embargo, si su resplandor es siquiera la centésima parte de intenso de lo que la gente dice, es seguro que su valor sobrepasará con mucho al del mejor diamante del Gran Mogol, tasado, como todo el mundo sabe, en una suma fabulosa. Por eso mi intención es embarcarme con el Gran Rubí y llevarlo a Inglaterra, Francia, España, Italia e incluso a Heathendom —si es que la Providencia me permite llegar hasta aquí—, ofreciéndolo al mejor postor entre los potentados de la Tierra que quieran que esta gema incomparable figure entre las joyas de su corona. Si alguno de los que me escuchan tiene un proyecto más razonable, le agradeceré que tenga la bondad de exponerlo.

—¡Yo lo tengo, hombre sórdido! —exclamó interrumpiéndole el poeta—. ¿Es que no anheláis otra cosa más preciada que el oro, que queréis reducir toda esa magnificencia a la misma escoria en la que ya ahora os revolcáis? Por lo que a mí se refiere, lo ocultaría bajo mi capa y me apresuraría a volver a mi buhardilla en una oscura calleja de Londres. Allí gozaría de su visión, mi alma bebería su esplendor y su magnificencia impregnaría todas mis fuerzas intelectuales, brillando con luz incomparable en cada línea de poesía que yo escribiera. De esta manera, largos años después de mi muerte, el esplendor del Gran Rubí luciría aún en torno a mi nombre.

—Bien dicho, señor poeta —exclamó el de las gafas—. Si bien mucho me temo que el resplandor iba a traslucir hacia el exterior, convirtiendo vuestra figura en un fuego fatuo.

—¡Y pensar —dijo a la sazón Lord de Vere, más

hablando consigo mismo que con sus compañeros, al mejor de los cuales tenía él por indigno de su conversación— que un jovenzuelo envuelto en una capa andrajosa llegaría a hablar de llevarse consigo el Gran Rubí a un desván de la Grub Street! ¡Como si no hubiera yo resuelto ya dentro de mí que en toda la tierra no hay más adecuado ornato para el gran vestíbulo que abre la entrada al castillo de mis antepasados! Aquí lucirá a lo largo de los siglos, haciendo mediodía de la medianoche, reflejando su resplandor en las armaduras y arneses, en los pendones y escudos suspendidos de las paredes, y manteniendo viva y esplendorosa la memoria de los héroes. ¿Por qué todos los demás aventureros han buscado en vano esta presa, si a mí me está destinado el conseguirla y hacer de ella un símbolo de las glorias de nuestra encumbrada estirpe? Y en ninguna parte de la diadema que constituyen las Montañas Blancas tendrá el Gran Rubí un lugar tan honroso como el que le está reservado en el castillo de los De Vere.

—Un noble pensamiento, sin duda —dijo el Cínico con obsequioso sarcasmo—. Séame permitido decirle, no obstante, que la gema constituiría también una magnífica y rarísima lámpara funeraria, y que quizá iluminaría más fielmente las glorias de vuestros nobles antepasados si la colocaseis en la cripta en que estos duermen su sueño eterno.

—De ninguna manera —dijo a su vez Matthew, el joven rústico, que estaba sentado con las manos en las de su esposa—. El señor ha ideado, sin duda, un uso adecuado y grandemente provechoso de la maravillosa gema. Hannah y yo mismo la estamos también buscando con idéntico propósito.

—¿Qué dices, muchacho? —exclamó Lord de Vere

con sorpresa—. ¿Es que tienes tú un castillo en cuyo vestíbulo podrías colocarla?

—Castillo, no —replicó Matthew—, pero sí una cabaña tan primorosa como no hay otra en todo el ámbito de las Montañas de Cristal. Sabed, amigos, que Hannah y yo, que nos hemos casado la última semana, hemos emprendido la búsqueda del Gran Rubí porque necesitamos su luz para las largas noches invernales; y además, quiero poder mostrar algo tan maravilloso cuando nuestros vecinos nos visiten. La piedra lucirá en la casa e iluminará las ventanas, como si dentro ardiese un enorme fuego de ramas de pino. ¡Y qué gozo cuando nos despertemos por la noche y podamos vernos uno a otro la cara!

En el rostro de los aventureros se dibujó una sonrisa al oír los ingenuos proyectos que abrigaba la pareja en relación con aquella maravillosa y preciosísima piedra, que hubiera podido constituir el orgullo del más poderoso monarca de la tierra. El hombre de las gafas, especialmente, contrajo su fisonomía con tal gesto de maligna alegría que Matthew le preguntó un poco amoscado qué era lo que pensaba hacer con el Gran Rubí, en caso de encontrarlo.

—¡El Gran Rubí! —exclamó el Cínico con un gesto de indefinible sarcasmo—. ¿Es que no os dais cuenta, necios, de que no existe nada semejante en la realidad? He andado cinco mil kilómetros, y estoy resuelto a poner mi pie en cada picacho de estas montañas y a meter mi cabeza en toda hendidura o quebrada con la sola intención de demostrar a satisfacción de toda persona, excepto de aquellas que sean aún más obtusas que vos, que la leyenda del Gran Rubí no es más que una patraña.

Vanos y fantásticos eran, sin duda, los motivos que

habían conducido a la mayoría de los aventureros a las Montañas de Cristal, pero ninguno tan vano, tan fantástico y tan impío como el que había movido a aquel cínico de las enormes gafas. El extraño personaje era una de esas personas viles y malignas cuyos anhelos tienden hacia lo bajo y oscuro en lugar de dirigirse hacia las alturas, y que, si pudieran apagar las luces que Dios ha encendido para el hombre, estimarían la oscuridad de la noche como su gloria más excelsa. Mientras el Cínico pronunciaba sus palabras, varios de los que componían el grupo se pusieron en pie, sobresaltados por un resplandor rojo que mostró los perfiles de las montañas cercanas y la corriente turbulenta del río entre las peñas, con una iluminación totalmente distinta de la que ponía el fuego en los troncos y en las copas de los árboles. Los aventureros prestaron atención, esperando oír de un momento a otro el ruido de un trueno, pero nada pudieron percibir y se sintieron contentos de que la tempestad no se aproximase al lugar en que pensaban pasar la noche. Las estrellas advirtieron ahora desde el cielo a los reunidos que era hora de cerrar los ojos al amor de la lumbre, para abrirlos poco después, en sueños, cegados por el resplandor del Gran Rubí.

El joven matrimonio se había acomodado en el rincón más apartado de la cabaña, separados del resto por una cortina de ramaje curiosamente entretejido, tal y como podía haber pendido en torno a la cámara nupcial de Eva. La joven esposa había finalizado esta labor de tapicería mientras los demás hablaban entre sí. Ella y su marido se durmieron con las manos tiernamente entrelazadas y despertaron de visiones radiantes para encontrarse con la mirada del otro clavada en sus ojos. Despertaron ambos a la vez, cada uno con una sonrisa

104

de dicha vagando por su rostro, una sonrisa que se hacía más brillante a medida que iban cobrando conciencia plena de la realidad de vida y amor que les rodeaba. Sin embargo, en cuanto se percataron ambos del sitio en que se encontraban, el primer gesto de la esposa fue mirar a través de los intersticios de la improvisada cortina, viendo así enseguida que el resto del grupo había abandonado ya la cabaña.

—¡Matthew, rápido! ¡Levántate! —gritó apresuradamente—. ¡Toda esta gente se ha marchado ya! ¡Levántate inmediatamente o perderemos el Gran Rubí!

En efecto, tan poco merecía la joven pareja el enorme precio a que aspiraban que habían dormido a pierna suelta toda la noche hasta que el sol iluminaba ya los picos de las montañas circundantes. Los otros aventureros, en cambio, después de haber soñado con precipicios y roquedales, se habían puesto en pie apenas despuntó el día y habían comenzado su búsqueda febril. Matthew y Hannah, que después de su tranquilo sueño se sentían tan ligeros y alegres como dos cervatillos, se detuvieron un momento para rezar sus oraciones, se lavaron en un remanso del Amonoosuck y, apenas tomado un poco de alimento, volvieron sus rostros a la ladera de las montañas. Era algo así como un símbolo de ternura matrimonial ver a ambos ascender trabajosamente la abrupta pendiente sacando fuerzas de flaqueza y ayudándose a cada paso el uno al otro. Después de una serie de pequeños accidentes, como la pérdida de un zapato, la rasgadura del vestido y el hecho de que el pelo de Hannah se enredó en un matorral, alcanzaron el borde superior del bosque, disponiéndose para un camino todavía más peligroso. Los innumerables troncos y la espesura de los árboles les habían confinado durante la ascensión en sus pensamientos, los cuales retrocedían ahora empavorecidos ante la región de viento y nubes, de rocas desnudas y luz desolada que se alzaba ante ellos. Los ojos de los amantes se volvieron hacia la oscura mancha verde que acababan de atravesar y ansiaron verse sumidos de nuevo en sus profundidades, más que enfrentarse con esta soledad terrible e infinita.

—¿Seguimos adelante? —inquirió Matthew pasando su brazo por el talle de Hannah, tanto para protegerla como para confortar su corazón atrayéndola hacia sí.

Pero la joven esposa, simple y sencilla como era, sentía sin embargo en su seno el amor por las joyas que enciende el ánimo de las mujeres, y no quería renunciar a la esperanza de adquirir la más deslumbrante del mundo, fueran cuales fuesen los peligros que hubiera que correr para conseguirla.

—Subamos un poco más —susurró, aunque sacudida por un estremecimiento al volver la vista al cielo implacable de aquellas soledades.

—¡Vamos entonces! —replicó Matthew reuniendo todo su valor viril y arrastrándola consigo, pues la timidez volvió a ella en cuanto lo vio de nuevo audaz y dispuesto a avanzar.

Y adelante siguieron juntos los dos peregrinos del Gran Rubí, hollando ahora la verdasca y las ramas estrechamente entrelazadas de pinos enanos, que a lo largo de centurias, y aunque cubiertos de musgo por la edad, no habían crecido más que escasamente tres pies de altura. Después vinieron masas y fragmentos de rocas desnudas amontonadas confusamente entre sí, como si constituyeran dólmenes construidos por gigantes a la memoria de un jefe de titanes. En este reino de la desolación y la muerte nada respiraba ni nada crecía; ninguna vida había allí más que la que alentaba en dos corazones, que tan alto habían ascendido que parecía como si la misma naturaleza se negara ya a hacerles compañía. La naturaleza se había detenido debajo de ellos, dentro de los límites del bosque, y enviaba una mirada de adiós a aquellos hijos suyos que erraban por regiones que ella no había hollado con su paso.

Pronto los dos esposos se vieron ocultos a la mirada de aquella. Densa y oscura, la niebla comenzó a espesarse tendiendo largas franjas de sombra por el paisaje y concentrándose lentamente hacia un punto, como si la más alta de las cimas de aquellas montañas hubiera convocado a todas las nubes vecinas. Finalmente, los vapores se fueron fundiendo, presentando el aspecto de un pavimento sobre el que los osados viajeros hubieran podido caminar, pero a cuyo través hubieran buscado en vano un paso que les condujera a aquella tierra bendita que tan a la ligera habían abandonado. Y los esposos ansiaron violentamente poder volver a ver aquella tierra verde y jugosa, y lo ansiaron con mucha mayor intensidad de la que nunca hubiera animado sus deseos de vislumbrar el cielo azul a través de nubes amenazadoras. Sintieron incluso un alivio en su desolación, cuando la niebla fue ascendiendo por la montaña hasta ocultar su más alta cumbre, haciendo así desaparecer para ellos hasta el último resto de aquella región de muerte. Pero los dos se estrecharon más fuertemente el uno contra el otro y cambiaron una mirada profunda y melancólica, temiendo que la niebla fuera también a ocultarles al uno del otro, separándoles para siempre.

Sin embargo, es posible que se hubieran decidido a seguir la ascensión hasta las últimas alturas entre la tierra y el cielo si no hubiesen comenzado a fallar las fuerzas de Hannah, y con ellas también su valor. Su respiración se hizo entrecortada. Se resistió a que su marido cargara con ella, pero a cada paso vacilaba a su lado y solo con nuevos esfuerzos podía recobrarse. Hasta que, al fin, se desplomó definitivamente en una de las quebradas de la vertiente.

—¡Estamos perdidos, Matthew! —exclamó con voz apenas perceptible—. Jamás volveremos a encontrar el camino hacia la tierra. ¡Y pensar lo felices que podíamos haber sido en nuestra cabaña!

—¡No te apures, corazón mío! —replicó Matthew—. Todavía seremos felices. ¡Mira! En aquella dirección el sol comienza a penetrar a través de esta maldita niebla. Con su ayuda podré encontrar el camino hacia la garganta. Retrocedamos y no pensemos más en el Gran Rubí.

—El sol no puede estar donde tú dices —dijo Hannah con desaliento—. Ahora debe de ser, poco más o menos, el mediodía. Si pudiera percibirse el resplandor del sol, debería venir de lo alto, de encima de nuestras cabezas.

—¡Pero mira! —repitió Matthew en tono alterado—. ¿No ves allí una luz cada vez más intensa? Si no es el sol, ¿qué puede ser?

Hannah no podía negar, en efecto, que a través de la niebla se estaba abriendo paso cada vez más potentemente un resplandor deslumbrante que convertía la espesa cortina de nubes en un polvillo rojizo que parecía compuesto de brillantes partículas incandescentes. A su vez, las nubes comenzaban a retirarse de la montaña, mientras que, a medida que se alejaban lentamente, un objeto tras otro iban saliendo a la luz de detrás de aquella oscuridad impenetrable, produciendo el efecto de una nueva creación realizada antes todavía de que el caos anterior hubiera desaparecido totalmente. Cuando este proceso hubo avanzado ya suficientemente, los dos esposos vieron brillar algo a sus pies y se encontraron al borde mismo de un lago, profundo, brillante, claro y de maravillosa serenidad. Sobre su superficie cruzaba y reverberaba un rayo de gloria magnificente. Los dos viajeros dirigieron su mirada hacia el sitio de donde podía provenir, pero tuvieron que cerrar los ojos con un grito de admiración mezclado de espanto, para preservar la vista del resplandor deslumbrante que salía de la cúspide de un risco y se extendía sobre el lago encantado. ¡El matrimonio había encontrado el lago misterioso y, brillando sobre él, la maravilla tan anhelada del Gran Rubí!

Los dos esposos se estrecharon entre sus brazos, estremecidos por su propia ventura, pues la leyenda de la gema maravillosa decía que el que la encontrara estaba señalado por el destino, y la idea de ello sembraba el espanto en el alma sencilla de Hannah y Matthew. A menudo, desde su misma infancia, habían visto lucir su luz deslumbradora como el resplandor de una estrella. ¡Y ahora esta estrella hacía descender su brillo en sus corazones! Los dos se veían uno al otro como cambiados en aquella atmósfera de luminosidad roja que les envolvía y que cubría con el mismo fuego el lago, las rocas, el cielo e incluso la niebla, que iba alejándose cada vez más. Al mirar de nuevo, sin embargo, percibieron otro objeto que llegó incluso a hacerles apartar la vista de la maravillosa gema. En la base del risco, inmediatamente debajo del Gran Rubí, aparecía la figura de un hombre con los brazos extendidos, como si quisiera escalar la roca, y con su rostro vuelto hacia arriba, bebiendo en toda su potencia el torrente de luz encendida. La figura estaba inmóvil, como convertida en piedra.

—¡Es el Buscador! —susurró Hannah, apretándose convulsivamente contra su marido—. ¡Está muerto, Matthew!

—La alegría del hallazgo lo ha matado —replicó Matthew con un temblor intenso—. ¡Quizá la verdadera luz del Gran Rubí sea la muerte!

—¡El Gran Rubí! —dijo a sus espaldas una voz agria—. ¡La Gran Patraña! Si lo habéis encontrado, os suplico que me lo mostréis.

Volvieron la cabeza y vieron al Cínico con sus enormes gafas, mirando consecutivamente el lago, las rocas, las lejanas masas de vapor y el mismo Gran Rubí, pero al parecer tan inconsciente de su luz como si todas las nubes que se perdían en el horizonte se hubieran condensado repentinamente en torno a su persona. Aunque el resplandor de la gema dibujaba la sombra del incrédulo a sus mismos pies cuando este le volvió la espalda, el Cínico no quería convencerse de que hubiera allí ni brillo ni luz alguna.

—¿Dónde está vuestra Gran Patraña? —repitió—. Os desafío a que me lo hagáis ver.

—¡Allí! —dijo Matthew, indignado por tan maligna ceguera, volviendo al Cínico hacia el risco iluminado—. ¡Quitaos esas gafas aborrecibles y no podréis dejar de verlo!

Estas gafas de color, sin embargo, oscurecían probablemente la vista del Cínico en un mayor grado todavía que los cristales ahumados con que la gente acostumbra a mirar los eclipses de sol. Con un gesto resuelto, se quitó sus gafas y fijó sus ojos directamente en el resplandor que emanaba del Gran Rubí. Apenas si había sostenido su mirada el brillo de la gema cuando, con un gemido profundo y estremecedor, inclinó la cabeza y se tapó con ambas manos sus miserables ojos. A partir de este momento, pudo decirse en verdad que para el pobre Cínico no hubo luz del Gran Rubí, ni luz ninguna, ni siquiera la del cielo. Hacía tanto tiempo que se hallaba acostumbrado a mirar todas las cosas a través de un medio que las privaba de toda luz y todo brillo que un rayo tan solo de tan esplendoroso fenómeno hiriéndole directamente los ojos había bastado para cegarlo para siempre.

—¡Matthew! —dijo Hannah colgándose de él—. ¡Marchémonos de aquí!

Matthew vio que ella perdía fuerzas y se desmayaba, y, sosteniéndola en sus brazos, le roció el rostro y el pecho con un poco de agua del lago encantado. Al contacto con el líquido, Hannah volvió en sí, aunque sin recuperar el valor de antes.

—¡Sí, amada mía! —dijo Matthew estrechándola contra su corazón—. Nos iremos de aquí y volveremos a nuestra humilde cabaña. La bendita luz del sol y la pálida luz de la luna penetrarán a través de nuestras ventanas. A la caída de la tarde encenderemos nuestro hogar y sus llamas volverán a iluminar nuestra dicha. Y nunca jamás volveremos a anhelar otra luz que la que todo el mundo pueda compartir con nosotros.

—¡Sí!, ¡sí! —dijo Hannah—. ¿Cómo podríamos vivir durante el día o dormir durante la noche iluminados con este terrible resplandor del Gran Rubí?

Inclinándose en la orilla, bebieron de sus manos un sorbo del agua helada de aquel lago que ninguna boca humana había aún rozado. Después, comenzaron el descenso, guiando al pobre Cínico ciego, que no solo no pronunciaba una palabra, sino que escondía sus gemidos en las profundidades de su corazón. Sin embargo, cuando abandonaron la orilla del lago Misterioso, todavía no hollada por hombre alguno, dirigieron una mirada de despedida al risco del Gran Rubí y pudieron ver cómo los vapores ascendían de nuevo en densas nubosidades a través de las cuales la gema ardía, aún envuelta en una atmósfera irreal.

Por lo que a los otros aventureros se refiere, la leyenda dice que el venerable Master Ichabod Pigsnort renunció pronto a la búsqueda del Gran Rubí, estimándola una empresa desesperada, y decidió sabiamente regresar a su comercio en Boston. Pero, cuando pasaba a través de la garganta que daba salida a las montañas, una partida de indios lo capturó y lo condujo a Montreal, donde lo retuvieron en calidad de rehén hasta que pagó un importante rescate, que tuvo que extraer de sus piezas de tres chelines. Aunque ocurrió que su larga ausencia puso en un desorden tal todos sus negocios que hasta el fin de su vida, en lugar de revolcarse en monedas de plata, se sintió contento si tenía en el bolsillo una pieza de cobre de seis peniques. El doctor Cacaphodel, el alquimista, volvió a su laboratorio con un maravilloso fragmento de granito, que redujo a polvo, disolvió en ácidos, fundió en el crisol y abrasó con el soplete, para acabar publicando los resultados de sus investigaciones en uno de los más gruesos libros editados en su día. Para estos efectos, la gema misma no hubiera podido prestar mejores servicios que el granito. Por un error semejante, el poeta se apoderó de un gran trozo de hielo, encontrado por él en una grieta sombría de las montañas, y juró que su naturaleza correspondía exactamente a la del Gran Rubí. Los críticos, por su parte, no han dejado de decir que si a su poesía le faltaba el esplendor de la célebre gema, poseía, en cambio, toda la frialdad del hielo. Lord de Vere retornó al castillo de sus antepasados, donde tuvo que contentarse con un candelabro de bujías corrientes, yendo él también, cuando le llegó su hora, a llenar otro ataúd en la cripta que guardaba los huesos de sus ascendientes. Cuando las luces funerarias iluminaron sus restos mortales, pudo asegurarse que no hacía falta ningún Gran Rubí para mostrar lo vacío de toda vanidad terrena.

El Cínico, despojado definitivamente de sus gafas, siguió recorriendo el mundo convertido en objeto de conmiseración, y la voluntaria ceguera de sus pasados años se vio ahora castigada con un deseo insaciable y agónico de luz. Durante la noche volvía sus órbitas apagadas hacia la luna y las estrellas; al alba dirigía su rostro hacia Oriente, como si fuera un idólatra persa; hizo un viaje a Roma para presenciar la magnífica iluminación de la basílica de San Pedro, y, finalmente, pereció en el gran incendio de Londres, hacia el centro del cual él mismo se había trasladado, con la loca esperanza de percibir algún débil resplandor de las llamas que encendían el cielo y la tierra.

Matthew y su esposa pasaron muchos años de paz y dicha, y sentían placer en contar la leyenda del Gran Rubí. Sin embargo, al final de su dilatada vida, el relato no encontró la misma credulidad con que lo habían recibido aquellos que recordaban todavía el antiguo resplandor de la gema. Se decía, en efecto, que desde el momento en que dos mortales habían mostrado una sabiduría tan simple y elemental como para rechazar una joya que hubiera podido oscurecer todas las cosas de la tierra, el brillo de aquella se había desvanecido. Otros peregrinos que llegaron al mismo risco desde donde había lucido el Gran Rubí relataron que lo único que habían encontrado allí era una piedra opaca con algunas escamas de mica en la superficie que brillaban tenuemente al sol. También dice la tradición que, después de partir los dos esposos, la gema se desprendió de la roca y cayó en las aguas del lago encantado, y que, a la caída de la tarde, la figura del Buscador podía verse todavía inclinada sobre su brillo inextinguible.

Algunos pocos creen que la gema maravillosa brilla todavía como antaño y dicen que han percibido su resplandor, semejante a un relámpago de verano, en los últimos confines del valle del Saco. Y debo confesar que, a algunos kilómetros de las Montañas de Cristal, también yo vi un día una luz extraordinaria que brillaba encima de sus picos, y por un momento me sentí penetrado por la idea de ser el último peregrino del Gran Rubí.

El Día de Acción de Gracias
de John Inglefield

En la tarde del Día de Acción de Gracias, John Inglefield, el herrero, se hallaba sentado en su silla de brazos, teniendo a su lado a todos aquellos que habían celebrado la festividad sentados a su mesa. Como era la figura central del grupo allí reunido, el fuego reflejaba directamente la luz sobre su cuerpo macizo de Hércules y enrojecía con tonos cambiantes sus rudas facciones; incluso hubo un momento en que podía habérsele tomado por una estatua de hierro encendida por el fuego de su propia fragua y con rasgos tallados a golpes en su mismo yunque. A la derecha de John Inglefield se veía una silla vacía. Los otros sitios en torno al fuego se hallaban ocupados por los miembros de la familia, todos silenciosos, mientras sus sombras bailaban en la pared a sus espaldas, parodiando, a veces, un aquelarre monstruoso. Uno de los allí sentados era el hijo de John Inglefield, educado en un colegio y ahora estudiante de teología en Andover. A su lado se encontraba su hermana, de dieciséis años de edad, a la que nadie podía mirar sin compararla inconscientemente con un capullo a punto de abrirse. La tercera y última persona sentada junto al fuego era Robert Moore, antiguamente un aprendiz del herrero y hoy su obrero, al cual, por su aspecto, se le hubiera podido tener por hijo de John Inglefield con mayor razón que al pálido y enjuto estudiante.

Solo aquellas cuatro personas habían celebrado la fiesta de Nueva Inglaterra bajo el techo del herrero. La silla vacía a la derecha de John Inglefield mantenía viva la memoria de su mujer, que la muerte le había arrebatado después del último Día de Acción de Gracias. Con una delicadeza de sentimientos que nadie hubiera podido adivinar en su ruda naturaleza, el herrero mismo había colocado aquella silla cerca de la suya. De vez en cuando sus ojos se dirigían al asiento vacío, como si esperase que la tumba helada pudiese devolverle a su presa, permitiéndole sentarse al calor de la lumbre, por lo menos aquella tarde. Así acariciaba John Inglefield aquel dolor para él tan querido. Sin embargo, había otro dolor que se imaginaba haber arrancado totalmente de su corazón, o, al menos, haberlo enterrado tan profundamente, que quedaba oculto para todo el mundo e incluso para su propio recuerdo. En el curso del último año, otro miembro de la familia había desaparecido del hogar, aunque esta vez no hacia la tumba. Para la desaparecida no había reservado ninguna silla vacía.

Mientras John Inglefield y su familia se hallaban sentados alrededor del fuego con las sombras danzando a sus espaldas, la puerta de la calle se abrió y a lo largo del pasillo se oyó un paso ligero. El picaporte de la puerta de la estancia se abrió, impulsado por una mano familiar, y una muchacha joven entró en la habitación y dejó en la mesa situada debajo del espejo la capa y la caperuza con que venía ataviada. Después, dirigió un momento la mirada a las personas sentadas en torno al fuego y fue a sentarse sin vacilar en la silla colocada a la derecha de John Inglefield, como si el asiento hubiese estado reservado expresamente para ella.

—Aquí me tienes por fin, padre —dijo—. Habéis celebrado sin mí vuestra comida del Día de Acción de Gracias, pero he venido para pasar con vosotros la velada.

Sí, era Prudence Inglefield. Llevaba el mismo traje nítido y juvenil con que acostumbraba a vestirse después de haber terminado las tareas de la casa y tenía el pelo partido desde la frente con aquel gusto sencillo y modesto que había sido siempre su mejor cualidad. Es posible que sus mejillas estuvieran pálidas, pero ahora el resplandor del fuego las cubría con un ardor de salud. Es posible que hubiera pasado los meses de su ausencia en los abismos de la culpa y de la infamia, pero nada de ello había dejado huellas en su aspecto dulce y delicado. No habría estado menos cambiada si se hubiera alejado durante solo media hora del lado de su padre frente al fuego y hubiese vuelto cuando todavía oscilaban las llamas de los mismos troncos encendidos al salir ella de la estancia. Para John Inglefield, Prudence era la viva imagen de su mujer muerta, tal como él la recordaba del primer Día de Acción de Gracias que había pasado bajo el techo de su nuevo hogar. Por eso, aun siendo un hombre severo y rudo, no pudo hablar ásperamente a su hija culpable, si bien tampoco pudo estrecharla contra su pecho.

—Sé bienvenida al hogar, Prudence —dijo el herrero, y su voz tembló—: Tu madre se hubiera alegrado de verte de nuevo, pero ha partido de nuestro lado hace cuatro meses.

—Ya lo sé, padre —replicó Prudence rápidamente—. Y, sin embargo, cuando he entrado, mis ojos se hallaban tan deslumbrados por el resplandor del fuego que me ha parecido verla sentada en esta misma silla.

A la sazón, los otros miembros de la familia comenzaron a recobrarse de su sorpresa y a darse cuenta de que la que había entrado en la habitación había sido Prudence misma, y no un fantasma escapado de la tumba, ni una alucinación surgida de sus recuerdos. Su hermano fue el primero que se acercó a saludarla. Se levantó y le tendió la mano con afecto, aunque no exactamente como un hermano lo hubiera hecho, pues, pese a toda su dulzura, se daba cuenta de que era un clérigo y de que quien tenía frente a sí era una hija del pecado.

—Hermana Prudence —dijo gravemente—. Me alegro de que una Providencia bondadosa haya guiado tus pasos a nuestro hogar, a tiempo todavía para despedirme de ti por última vez. Dentro de unas pocas semanas partiré como misionero a las lejanas islas del Pacífico. No puedo esperar volver a ver en la tierra a ninguno de los rostros tan queridos que hoy se hallan congregados aquí. ¡Dios quiera que pueda verlos, el tuyo y el de los demás, más allá de la tumba!

Una sombra cruzó un instante por el rostro de Prudence Inglefield.

—La tumba es algo lúgubre, hermano —respondió retirando algo apresuradamente sus manos de entre las de él—. Es aquí, a la luz del fuego, donde me tienes que mirar por última vez.

Mientras todo esto pasaba, la otra hermana, el capullo rosado nacido del mismo tronco que la culpable, había estado de pie mirando a su hermana y ansiando poder lanzarse a su pecho, para que los latidos de su corazón pudieran sonar de nuevo juntos. Al principio se sintió cohibida por un sentimiento mezcla de dolor y vergüenza, así como por el temor de que Prudence hubiera cambiado mucho para responder a su cariño o de que sintiera su pureza como un reproche que se le dirigía. Sin embargo, a medida que oía su voz tan familiar y que iba reconociendo otra vez como los suyos los rasgos de la hermana, Mary olvidó todo, salvo que Prudence había vuelto. Dando un salto hacia adelante, la habría estrechado en su corazón si en aquel mismo instante Prudence no se hubiera levantado de su asiento y la hubiese apartado de sí con las dos manos extendidas.

—¡No, Mary, no! —exclamó la recién llegada—. ¡No me toques! Tu pecho no puede apretarse contra el mío.

Mary se estremeció y se detuvo, pues percibió que entre Prudence y ella se alzaba algo más terrible y lúgubre que la tumba, a pesar de que ambas parecían tan próximas una a la otra, cobijadas ambas como lo estaban en aquella misma luz del hogar paterno, a cuya sombra habían crecido. Mientras tanto, Prudence buscó con sus ojos por la estancia a la única persona entre las que estaban allí reunidas que todavía no le había dado la bienvenida. Robert Moore se había retirado de su asiento al lado del fuego y se encontraba de pie próximo a la puerta, con el rostro desviado, de modo que lo único que podía percibirse de él era su perfil fluctuante dibujado por la sombra en la pared. Prudence lo llamó con un tono de voz cariñoso y amable:

—Ven aquí, Robert —dijo—. ¿O es que no quieres estrechar la mano de una vieja amiga?

Robert Moore se resistió un momento, pero el cariño venció al orgullo y al resentimiento, y se lanzó hacia Prudence para tomar una mano entre las suyas y estrecharla contra su pecho.

—¡Bueno, bueno! —dijo ella retirando la mano—. No debes darme una bienvenida tan cordial.

Ahora, después de haber cruzado saludos con todos los reunidos, Prudence volvió a sentarse en la silla colocada a la derecha de John Inglefield. Era por naturaleza una muchacha tierna y de sensibilidad viva, de genio alegre y con un algo fascinador en sus palabras y acciones. Esta noche aparecía tal y como había sido en sus días de inocencia. Sus familiares, sorprendidos por su retorno, casi olvidaron que les había abandonado y que ella misma había aniquilado cualquier derecho a ser amada por ellos. Si hubiera sido por la mañana, quizá habrían podido mirarla con otros ojos, pero en aquella velada del Día de Acción de Gracias, al amor del fuego, lo único que todos pensaban era que su Prudence, su verdadera Prudence, había vuelto de nuevo, y todos se sentían colmados de agradecimiento. El rostro rudo de John Inglefield brillaba más y más a medida que dentro de él iban prendiendo el cariño y la alegría; una o dos veces llegó incluso a reírse en voz alta, aunque a continuación él mismo se quedó indeciso y como asombrado por el eco de su propia jovialidad. El grave pastor empezó a mostrar la alegría de un colegial. La misma Mary olvidó que su hermana había sido arrancada del tronco en que ella florecía y lanzada sobre el polvo del camino. Incluso Robert Moore miraba a Prudence con la timidez de un nuevo amor, mientras ella, con la dulce coquetería de una adolescente, a veces le sonreía y a veces parecía descorazonarle.

En suma, era uno de esos intervalos de la vida en los que las preocupaciones y el dolor se desvanecen en sus propias sombras, y la alegría y el júbilo renacen con un brillo transitorio. Cuando dieron las ocho en el reloj, Prudence sirvió a su padre la acostumbrada porción del té que había estado en infusión al lado del fuego desde la caída de la tarde.

—¡Dios te bendiga, hija mía! —dijo John Inglefield tomando la taza de sus manos—. Has vuelto a hacer feliz otra vez a tu anciano padre. Pero todos echamos de menos a tu madre, Prudence. Mucho, mucho. Parece como si debiera estar aquí ahora.

—Ahora o nunca, padre —replicó Prudence.

Había sonado la hora de las oraciones para la familia. Pero mientras los reunidos se preparaban para cumplir con este deber, se percataron de repente de que Prudence se había puesto de nuevo su capa y su caperuza, y estaba ya alzando el picaporte de la puerta.

—¡Prudence! ¡Prudence! —gritaron todos al unísono—. ¿Dónde vas?

Cuando Prudence traspuso el umbral de la puerta, volvió la mirada a todos e hizo con la mano un gesto de despedida. Pero su faz había cambiado de tal manera que apenas si pudieron reconocerla. El pecado y las malas pasiones brillaban a través de su gracia, poniendo en ella una nota de horrible deformidad. En sus ojos, a la vez, brillaba una sonrisa como de sarcasmo y de burla ante la sorpresa y el dolor de los que la contemplaban.

—¡Hija! —gritó John Inglefield, entre la cólera y el dolor—. ¡Detente y sé la bendición de tu padre, si no quieres que te persiga su maldición!

Por un instante Prudence pareció vacilar y detuvo su mirada en la estancia iluminada por el resplandor del fuego; su aspecto parecía indicar que estaba luchando con un enemigo de potencia tan extraordinaria que podía apoderarse de su víctima incluso en el recinto sagrado del hogar paterno. Al fin, el enemigo venció y Prudence se desvaneció en la oscuridad del exterior. Cuando la familia se precipitó hacia la puerta, nada pudieron ver ya, tan solo oír el rodar de ruedas sobre el suelo endurecido por la helada.

Aquella misma noche, entre las bellezas pintadas y artificiosas de un teatro en una ciudad próxima, podía verse una mujer cuya alegría disoluta nadie habría creído que pudiera conciliarse ni con afectos puros, ni con las alegrías y los sinsabores que ellos encierran en su seno. Era Prudence Inglefield. Su visita al hogar en el Día de Acción de Gracias era la realización de uno de esos sueños en vela en los cuales las almas culpables parecen querer retornar a su inocencia. Pero el pecado, ¡ay!, cuida celosamente de sus esclavos; estos oyen su voz incluso en los más sagrados momentos y se ven forzados a acudir a la cita. El mismo oscuro poder que arrancó a Prudence Inglefield del hogar paterno —el mismo por su naturaleza, aunque sublimado hasta convertirse en una horrenda necesidad— es el que arranca a las almas culpables de las puertas del cielo, y hace su pecado y su pena igualmente eternos.

El velo negro

Una parábola

En el pórtico de la casa comunal e iglesia de Milford el sacristán se esforzaba tirando de la cuerda de la campana. Los más ancianos de la ciudad venían por la calle con el cuerpo encorvado por la edad. Los niños saltaban alborozadamente al lado de sus padres o se esforzaban por componer un semblante de adecuada gravedad, conscientes de la dignidad de sus trajes de fiesta. Los jóvenes miraban de soslayo a las muchachas, bellas y esbeltas, pensando que el sol del domingo las hacía más hermosas que otros días de la semana. Cuando el grueso de la gente fue llegando al pórtico, el sacristán comenzó a hacer sonar la campana con la mirada fija en la puerta de la casa del reverendo Mr. Hooper. El primer vislumbre de la figura del pastor fue la señal para que la campana cesara de llamar a los fieles.

De repente, el sacristán exclamó presa del mayor asombro:

—¿Pero qué tiene nuestro buen pastor Hooper sobre el rostro?

Todos los que oyeron la exclamación se volvieron y fijaron sus miradas en el semblante de Mr. Hooper, que se acercaba lentamente y en actitud meditativa a la casa comunal. Como a una señal, todos se sintieron acometidos por un sobresalto extraño, mientras sus rostros expresaban un asombro mayor del que les habría causado el que un pastor desconocido viniera a quitar el polvo del púlpito de Mr. Hooper.

—¿Está usted seguro de que es nuestro pastor? —preguntó Goodman Gray al sacristán.

—Desde luego es nuestro buen Mr. Hooper —replicó este último—. Tenía que haber cambiado la cátedra sagrada con el pastor Shute, de Westbury, pero este pidió ayer que le disculpara porque tenía que predicar un sermón en un funeral.

La causa de todo este estupor puede parecer quizá demasiado leve. Mr. Hooper, una persona de aspecto distinguido y de unos treinta años de edad, aunque todavía soltero, se hallaba vestido con la pulcritud propia de su ministerio, como si unas manos de mujer le hubieran almidonado el alzacuello y cepillado el polvo de la semana de su ropa del domingo. Había, sin embargo, algo extraño en su aspecto. Sobre la frente y colgándole delante de la cara hasta el pecho, Mr. Hooper llevaba un velo negro. Visto más de cerca, este parecía consistir en dos tiras de crespón que le cubrían totalmente las facciones, a excepción de la boca y la barbilla, aunque no le interceptaban la vista más que en el sentido de dar un aspecto entenebrecido a todas las cosas animadas e inanimadas. Con esta pantalla lúgubre delante de sus ojos, Mr. Hooper iba avanzando hacia el templo con un paso uniforme y sereno, algo inclinado hacia adelante y mirando hacia el suelo, como suelen acostumbrar las personas abstraídas, pero saludando con la cabeza amablemente a aquellos feligreses que esperaban todavía en las escaleras del edificio. Tan estupefactos se hallaban estos, sin embargo, que apenas si acertaron a responder al saludo del pastor.

—A mí, la verdad, me es casi imposible imaginarme que el rostro de Mr. Hooper se halla detrás de ese trozo de crespón —dijo el sacristán.

—A mí todo esto no me gusta —murmuró una vieja mientras penetraba renqueando en la casa comunal—. Nuestro Mr. Hooper ha cambiado en algo terriblemente tan solo con ocultarse el rostro.

—Nuestro pastor se ha vuelto loco —dijo por su parte Goodman Gray, siguiéndola a través del umbral.

El rumor de que algo extraño e inexplicable sucedía había precedido a Mr. Hooper hasta la casa comunal, poniendo en movimiento a todos los fieles allí congregados. Pocos fueron los que pudieron dominarse y no volvieron la cabeza hacia la puerta; muchos estaban de pie y vueltos en aquella dirección, mientras algunos niños se habían subido a los asientos para descender después con gran estrépito. Había un alboroto general en el que se mezclaban el susurro de los vestidos femeninos y el arrastrar de los pies de los hombres, harto distinto de aquel silencio reconcentrado que solía preceder a la entrada del pastor. Mr. Hooper no pareció percatarse de la perturbación que se había apoderado de sus feligreses. Entró con aire casi despreocupado, volvió la cabeza amablemente a los bancos situados a ambos lados del templo e hizo una reverencia a su feligrés más anciano, un venerable hombre de cabellos blancos que ocupaba un sillón en el centro de la nave. Era curioso observar cuán lentamente se percató este anciano de que había algo singular en el aspecto del pastor. No pareció incluso compartir el asombro general hasta que Mr. Hooper subió las escaleras del púlpito y se mostró cara a cara a la parroquia, siempre con el velo negro entre ambos. El emblema misterioso no había sido retirado ni para estos momentos solemnes. Cuando explicó los salmos, su aliento estremeció el velo levemente; la oscuridad de este se extendió entre él y las sagradas páginas cuando dio lectura a la Biblia, y, mientras oraba, el velo caía pesadamente sobre la elevación de su rostro. ¿Trataría de ocultar este ante el Ser augusto al que estaba dirigiéndose?

Tal fue el efecto de este simple trozo de crespón que más de una mujer de nervios delicados se vio en la necesidad de abandonar el templo. Y, sin embargo, la asamblea, con sus rostros pálidos y angustiados, era seguramente para el pastor un espectáculo tan perturbador como para aquella la vista del oficiante con el rostro cubierto por el velo negro.

Mr. Hooper tenía la reputación de ser un buen predicador, aunque no muy enérgico: sus esfuerzos se dirigían a conducir al cielo a sus feligreses por la bondad y la persuasión, más que haciendo sonar en sus oídos los truenos y amenazas de la palabra divina. El sermón que pronunció aquel día memorable revistió las mismas características de estilo y manera que la serie general de los que había hecho oír desde el púlpito. No obstante, algo había, bien en el sentido mismo del discurso o bien en la imaginación del auditorio, que hizo que justamente este sermón fuera con mucho el más impresionante y de mayor potencia que había sido escuchado de sus labios. La oración se hallaba, eso sí, más intensamente teñida que de ordinario con la suave melancolía que distinguía el temperamento de Mr. Hooper. El objeto sobre el que había versado era el pecado secreto, todos aquellos tristes misterios que ocultamos a nuestros allegados más próximos y queridos y querríamos ocultar incluso a nuestra propia conciencia, olvidando que el Omnisciente tiene en su mano el descubrirlos. Una fuerza sutil alentaba en sus palabras. Cada uno de los oyentes, lo mismo la muchacha inocente que el hombre de corazón endurecido, sentían como si el predicador se hubiese deslizado entre ellos desde detrás de su velo, descubriendo todos los pecados de obra y de pensamiento que llevaban acumulados en sus almas. Algunos se cubrieron el pecho con las manos entrelazadas. No había nada de terrible ni de violento en lo que Mr. Hooper decía; no obstante, cada tono de su voz melancólica hacía estremecer a los oyentes. En sus palabras se mezclaban el pavor y un *pathos* espontáneo. Tan extrañado se hallaba el auditorio ante estas cualidades que nadie había sospechado en el pastor que todos deseaban que un soplo de viento apartara algo el velo, casi creyendo que debajo de él iba a dejarse ver un rostro extraño, a pesar de que la figura, los gestos y la voz eran los de Mr. Hooper.

Al terminar los oficios divinos, los asistentes se precipitaron al exterior perdiendo toda compostura, ávidos de comunicar sus encontradas emociones y conscientes de aligerar sus espíritus tan pronto como perdieran de vista el velo negro. Algunos se reunieron en pequeños grupos, apiñados unos contra otros y hablándose en voz baja; otros se dirigieron solos a sus casas, sumidos en silenciosa meditación; otros, a su vez, hablaban en voz alta y profanaban la paz del día santo con largas risotadas. Unos cuantos meneaban la cabeza indicando con aire misterioso que ellos pondrían en claro el secreto de todo ello, mientras uno o dos afirmaban que no había secreto ninguno en lo que habían visto, reduciéndose todo a que los ojos de Mr. Hooper se hallaban tan fatigados de leer por la noche a la luz de la lámpara que se había visto necesitado de defenderse de la claridad con el velo negro. Al cabo de breves minutos salió también el mismo Mr. Hooper detrás de los últimos de sus fieles. Volviendo su cara velada de un grupo a otro, rendía la debida reverencia a las cabezas coronadas por las nieves de la edad, saludaba a las personas maduras con la amable dignidad del amigo y guía espiritual y a los jóvenes con un gesto en que se mezclaban la autoridad y el amor, y ponía sus manos bendiciéndolos en la cabeza de los niños. Esta misma había sido siempre su costumbre en los días consagrados al Señor. Sin embargo, al revés que en ocasiones anteriores, esta vez nadie aspiró al honor de pasear al lado de su pastor. El viejo Saunders fue también víctima, sin duda, de un lapsus y olvidó invitar a Mr. Hooper a su mesa, a la que desde su establecimiento en el lugar había acudido el sacerdote casi cada domingo para bendecir los manjares. Mr. Hooper se dirigió solo a su casa, y, en el momento de cerrar la puerta, se le vio clavando la mirada en la gente que, a su vez, tenía fijos los ojos en el pastor. Una triste sonrisa brilló con desfallecimiento debajo del velo negro, oscilando un instante en su boca para morir cuando el pastor desapareció detrás de la puerta.

—¡Qué raro —dijo una señora— que un simple velo negro, tal como lo llevan a veces las mujeres en su sombrero, pueda convertirse en algo tan terrible colocado en la cara de Mr. Hooper!

—Algo debe de andar mal en el cerebro de Mr. Hooper, sin duda —dijo el marido de la dama, que era el médico del lugar—. Pero lo más extraño del caso es el efecto de esta extravagancia incluso en una persona de mentalidad sobria como yo lo soy. Aun cuando el velo negro solo cubre la faz de nuestro pastor, extiende su influencia sobre toda su persona dándole un aspecto fantasmal. ¿No te parece también a ti?

—Sin duda ninguna —replicó la dama—, y puedes creerme que por nada del mundo querría estar a solas con él. Lo único que me asombra es que él no tenga miedo de estar a solas consigo mismo.

—Los hombres son a veces así —dijo el marido.

Los oficios divinos de la tarde se desarrollaron en circunstancias parecidas. Cuando terminaron, la campana comenzó a doblar a muerto por una muchacha que acababa de fallecer. Los parientes y amigos se hallaban reunidos en casa de la muerta y los conocidos menos íntimos se encontraban en la puerta hablando de las cualidades y virtudes de aquella cuando las conversaciones quedaron interrumpidas por la entrada de Mr. Hooper, todavía con el rostro cubierto por el velo negro. Ahora este último era, podía decirse, un complemento adecuado. El pastor se dirigió al aposento donde se hallaba el cadáver y se acercó al ataúd para dar un último adiós a su feligresa. Al inclinarse sobre esta, el velo quedó pendiendo verticalmente de la frente, de manera que si sus ojos no hubieran estado cerrados para siempre, la muerta habría podido ver la faz de su pastor. ¿Tendría miedo Mr. Hooper de la mirada de esta cuando tan apresuradamente recogió el velo con la mano? Alguien que observó el diálogo mudo entre la muerta y el vivo no vaciló después en afirmar que, cuando las facciones del pastor se hallaban descubiertas, el cadáver se estremeció levemente agitando la mortaja y la cofia de muselina, aun cuando el rostro conservó la actitud de la muerte. Una vieja mujer supersticiosa fue el único testigo de este prodigio. De la cámara mortuoria Mr. Hooper pasó al cuarto de las plañideras, dirigiéndose después a lo alto de la escalera con el fin de pronunciar su plegaria funeraria. Fue este un sermón emotivo y de una ternura indescriptible, lleno de temores y preocupación, pero tan imbuido a la vez con esperanzas celestiales que, al compás de las más tristes palabras del pastor, parecía oírse la música de un arpa celestial que hicieran vibrar los dedos de la muerte. Los congregados temblaban, aunque todos entendían confusamente las palabras del pastor diciéndoles que ellos y él y el género humano entero tenían que estar siempre dispuestos, como él esperaba que lo hubiera estado la muerta, para hacer frente a la hora terrible que apartaría el velo de sus rostros. Los portadores del féretro salieron lentamente, después les siguieron las plañideras llenando con sus ecos la calle entera y después Mr. Hooper con su velo negro.

—¿Por qué miráis hacia atrás? —preguntó uno de los del cortejo al que iba a su lado.

—Un momento, he tenido la alucinación de que el pastor y el espíritu de la muerta nos seguían con las manos juntas.

—¡Es curioso! Lo mismo he pensado yo en el mismo instante —dijo el primero.

Aquella noche debía de unirse en matrimonio la más encantadora pareja de la aldea de Milford. Aunque tenido por una persona melancólica, Mr. Hooper sabía desplegar en tales ocasiones una dulce jovialidad que, allí donde estaba proscrita toda forma de alegría más bulliciosa, solía arrancar a los presentes una sonrisa de simpatía. De todas las cualidades de su carácter, esta era quizá la que más querido lo hacía. Los asistentes a la boda esperaban la llegada del pastor con impaciencia, confiando en que se hubiera disipado el aura sombría que se había cernido sobre él durante todo el día. Pero la esperanza fue vana. Cuando Mr. Hooper llegó, lo primero en que se fijaron los ojos de los concurrentes fue el horrible velo negro, que si había añadido una nota de mayor tristeza al funeral, no podía traer consigo sino males a una boda. Tal fue la impresión en los invitados, que creyeron ver una nube que se extendía desde debajo del negro crespón obscureciendo el brillo de las velas. Los novios se hallaban de pie ante el pastor. Los dedos helados de la novia temblaban en la mano trémula del novio y su palidez de muerte hizo que algunos susurraran que parecía como si la joven enterrada hacía unas pocas horas hubiera salido de su tumba para desposarse. Para recordar una boda tan lúgubre, había que remontarse a aquellos famosos desposorios acompañados por el doblar funerario de las campanas. Después de terminada la ceremonia, Mr. Hooper alzó un vaso de vino a sus labios deseando felicidad y ventura al nuevo matrimonio; un gesto amable y jovial que hubiera debido iluminar los rostros de los invitados, como un gesto cálido salido del mismo corazón. Sin embargo, en aquel instante los ojos del pastor acertaron a ver en el espejo un destello de su propia figura y el velo negro envolvió su espíritu con el mismo horror que se apoderaba a su vista de los demás. Su cuerpo se estremeció, sus labios se tornaron blancos, vertió el vino sobre la alfombra y se precipitó fuera en las tinieblas. También la tierra se había puesto, efectivamente, su velo negro.

Al día siguiente, en toda la aldea de Milford no se hablaba de otra cosa que del velo negro del pastor Hooper. El hecho en sí y el misterio que pudiera ocultarse detrás de él suministraban bastante materia de discusión lo mismo a los conocidos que se encontraban en la calle que a las comadres que departían sentadas a la ventana. Fue también la primera noticia que el tabernero sirvió a sus parroquianos. Los niños hablaron de lo mismo camino de la escuela, y uno de ellos, más travieso que los demás, llegó a cubrirse la cara con un viejo pañuelo negro; su vista, sin embargo, causó tal horror a sus compañeros que él mismo se sintió presa del pánico, perdiendo casi el sentido como consecuencia de la broma.

Es curioso que, contando como contaba la parroquia con gente entrometida y descarada, nadie osara preguntar directamente a Mr. Hooper por qué razón hacía lo que estaba haciendo. Hasta ahora, siempre que había habido el más mínimo pretexto para tales intervenciones, ni habían faltado consejeros que se acercaran a él, ni él mismo se había mostrado obstinado ni hostil a seguir el juicio de los que pretendían guiarlo. No obstante, y aun conociendo exactamente esta cualidad del pastor, nadie entre sus feligreses osaba hacer del velo negro objeto de una reconvención amistosa. Existía un sentimiento de horror, ni plenamente confesado ni suficientemente ocultado, que inducía a cada uno a descargar la responsabilidad en el otro, hasta que al final se dio con el expediente de enviar una delegación de la iglesia, a fin de que hablara con Mr. Hooper sobre el misterio, antes de que este degenerara en un escándalo. Nunca embajada alguna cumplió peor con su cometido. El pastor recibió amablemente a los comisionados, pero guardó silencio, una vez que aquellos tomaron asiento, dejándoles por entero la tarea de plantear el importante asunto que los llevaba allí. El asunto era, naturalmente, obvio. Se trataba del velo negro en torno a la frente de Mr. Hooper que le ocultaba las facciones por encima de la boca, en la cual, de vez en cuando, los comisionados podían percibir algo así como una sonrisa melancólica. Aquel trozo de crespón les parecía que pendía sobre el mismo corazón de Mr. Hooper, como símbolo de un terrible secreto existente entre él y ellos. Si se hubiera apartado un momento el velo negro, seguro que habrían podido hablar libremente sobre él, pero hasta entonces les era imposible. Los comisionados permanecieron algún tiempo sentados, sin hablar una palabra, confusos y eludiendo con azoramiento los ojos de Mr. Hooper, que sentían fijos sobre ellos con una mirada invisible. Finalmente, los comisionados retornaron confundidos a sus mandatarios, manifestando que el asunto era demasiado grave para ser tratado así y que debería convocarse, bien un concilio de las iglesias o bien, incluso, un sínodo general.

Sin embargo, en la aldea había alguien que no sentía el terror que el velo negro había producido en todas las personas de su entorno. Cuando los comisionados volvieron sin una explicación y sin siquiera haberse atrevido a demandarla, esta persona determinó con su carácter y su energía serena hacer desaparecer de una vez la extraña nube que comenzaba a formarse, cada vez más amenazadoramente, sobre la figura de

Mr. Hooper. Por ser precisamente su prometida, a ella debería corresponderle el privilegio de conocer lo que el velo negro ocultaba. A la primera visita del pastor, ella entró sin ambages en el asunto, lo cual hacía la cuestión tanto más fácil para él y para ella. Después de que Mr. Hooper tomó asiento, ella fijó sus ojos penetrantemente en el velo, sin notar nada de ese algo lúgubre y temeroso que había empavorecido a la gente: era simplemente una doble tira de crespón que le caía de la frente hasta la boca, agitado levemente por la respiración.

—No —dijo ella en alta voz y sonriendo—, por más que miro no veo nada terrible en este trozo de crespón, a no ser que me ocultas un rostro cuya vista tanta alegría me ha producido siempre. Vamos a ver, dejemos que el sol brille detrás de las nubes. Primero aparta ese velo y después dime por qué te lo has puesto.

La sonrisa de Mr. Hooper brilló melancólicamente.

—Un momento vendrá —dijo— en que todos nosotros apartaremos nuestro velo del rostro. No lo tomes a mal si, hasta entonces, yo llevo este trozo de crespón.

—Tus palabras son un misterio para mí —replicó la joven—. Descorre el velo de ellas, por lo menos.

—Voy a hacerlo, Elizabeth, hasta el punto en que mi voto me lo permite. Sabe, pues, que este velo es un ejemplo y un símbolo, y me encuentro forzado a llevarlo para siempre, lo mismo en la luz que en las tinieblas, lo mismo en la soledad que ante la mirada de las multitudes, igual si me encuentro con extraños que si estoy rodeado de amigos entrañables. Ningún ojo mortal me verá retirarlo. Esta sombra horrenda tiene que separarme del mundo. Ni tú misma siquiera, Elizabeth, podrás penetrar detrás de él.

—¿Pero qué terrible aflicción ha caído sobre ti para que tengas que oscurecer tus ojos para siempre? —preguntó ella con gravedad.

—Si ello fuese un signo de aflicción —replicó Mr. Hooper—, ¿no crees que también yo, como los demás mortales, tengo dolores suficientemente profundos para simbolizarlos en un velo negro?

—¿Pero qué va a ocurrir si el mundo no cree que ello es el símbolo de un simple dolor? —siguió insistiendo Elizabeth—. Amado y respetado como eres, puede cobrar cuerpo la sospecha de que ocultas tus facciones bajo la conciencia de un pecado secreto. Por razón de tu mismo ministerio, ¡pon término a tal escándalo!

El color subió a sus mejillas al aludir a la naturaleza de los rumores que estaban extendiéndose ya por la aldea. La dulce mansedumbre de Mr. Hooper no le abandonaba. Sonrió incluso de nuevo, con aquella misma triste sonrisa que surgía como una luz melancólica procedente de la oscuridad que se extendía debajo del velo.

—Si oculto mi rostro por causa de algún dolor, créeme que hay una causa para ello; y si la cubro por algún pecado secreto, ¿qué mortal no podría hacer lo mismo? —replicó simplemente el pastor.

Y con su amable pero tenaz obstinación, Mr. Hooper resistió todas sus súplicas y todas sus instancias. Al final, Elizabeth permaneció sentada en silencio. Durante algunos momentos apareció sumida en reflexiones, considerando, probablemente, qué nuevos métodos podría poner en juego para disuadir a su prometido de un capricho tan lúgubre que, si no tenía otra significación, fuera quizá un síntoma de perturbación mental. Aun cuando dotada de un carácter más firme que el de él, las lágrimas comenzaron a rodar por sus mejillas. De pronto, sin embargo, un nuevo sentimiento sustituyó a la preocupación: sus ojos se fijaron insensiblemente en el velo negro, como si, semejante a un deslumbramiento repentino, todo el terror de este trozo de tela se apoderara de ella. Se puso de pie y se enfrentó temblando con él.

—¿Me comprendes, por lo menos? —dijo el pastor con tristeza infinita.

Ella no respondió, sino que, cubriéndose los ojos con las manos, se dirigió a la puerta de la estancia. El pastor se precipitó hacia ella y la cogió por el brazo.

—Ten paciencia conmigo, Elizabeth —exclamó apasionadamente—. No me abandones, aunque este velo tenga que extenderse entre los dos aquí, en la tierra. Ven a mí, que después no habrá velo alguno sobre mi faz, ni oscuridad entre nuestras almas. Es un velo mortal, no para la eternidad. ¡Tú no sabes cuán solo me encuentro y cómo temo estar a solas conmigo detrás de mi velo negro! ¡No me dejes para siempre en esta horrible oscuridad!

—Levanta entonces el velo una sola vez y mírame a la cara —dijo ella.

—¡Nunca! ¡No puedo hacerlo! —replicó Mr. Hooper.

—Entonces ¡adiós! —dijo Elizabeth.

Retiró su brazo de la mano con que él la aferraba y partió lentamente. Se detuvo unos segundos en la puerta, desde donde le dirigió una mirada larga y estremecida que parecía casi penetrar el misterio del velo negro. Pero, incluso en medio de su desesperanza, Mr. Hooper sonrió pensando que solo un objeto material le separaba de su felicidad y que la sombra de horror que de él se desprendía tenía que trazar una frontera oscura entre los seres que más se amaran.

A partir de entonces no se hizo ningún intento de hacer desaparecer el velo negro de Mr. Hooper, ni nadie trató de descubrir el secreto que parecía ocultar. Para personas que reclamaban para sí una cierta superioridad en relación con los prejuicios vulgares, se trataba sencillamente de un capricho extravagante, de la especie de los que, a veces, se mezclan con las acciones normales de personas en su sano juicio, tiñendo con su propia locura el carácter entero de aquellas. Para la gran masa, en cambio, Mr. Hooper era un objeto de espanto. Le era imposible pasear por la calle con un mínimo de paz interior, tan convencido estaba de que las personas amables y tímidas se apartaban del camino a fin de evitarle y de que otras mostraban un punto de audacia el cruzarse con él. La impertinencia de este último grupo de gentes le forzó a renunciar a su paseo cotidiano, a la caída de la tarde, en dirección al cementerio, pues apenas asomaba por encima de la valla del mismo había siempre rostros atisbando el velo negro desde detrás de las cruces de piedra. Entre la gente comenzó a circular el rumor de que la mirada de los allí enterrados le arrastraba a aquel lugar. Sobre todo le hería en lo más profundo de su corazón, tan lleno de ternura, ver cómo los niños huían de él, interrumpiendo sus juegos más alegres y alborozados en cuanto divisaban su figura a lo lejos. Su horror instintivo le llevaba a sentir más que nadie que un algo espantoso se hallaba entretejido en la trama del crespón negro. Su propia aversión al velo era tal que todo el mundo sabía que nunca pasaba voluntariamente ante un espejo, ni se detenía a beber en una fuente tranquila, por temor a que, reflejado en su cristal, él mismo tuviera que horrorizarse de sí. Esto era lo que daba cierta verosimilitud a los rumores de que la conciencia de Mr. Hooper le torturaba por algo demasiado espantoso para poder ocultarlo totalmente de otra manera que situándolo bajo el manto de la oscuridad. De debajo del velo negro surgía así una nube, una mezcla de pecado y dolor que envolvía al desgraciado pastor impidiendo que llegaran a él simpatía o amor. Se decía que esta era también la atmósfera que envolvía a los fantasmas o al espíritu malo. Bajo el peso de un horror que se clavaba en él mismo y se vertía hacia el exterior, Mr. Hooper seguía su camino, penetrando a tientas en su alma o mirando a través de un algo que ensombrecía el mundo entero. Se creía que hasta el viento, que no reconoce leyes, respetaba el terrible secreto y nunca apartó el crespón del rostro de Mr Hooper. Sin embargo, el pastor sonreía todavía melancólicamente a los rostros sin color que se cruzaban con él.

Al lado de todas estas influencias fatídicas, el velo negro tuvo un buen efecto: hacer de su portador un clérigo muy eficiente. Con ayuda de este misterioso emblema —no había, en efecto, otra causa a la que ello pudiera atribuirse—, Mr. Hooper se convirtió en una persona de extraordinario poder sobre las almas presas de la angustia del pecado. Los convertidos por él le miraban con un temor peculiar y decían, aunque, claro está, solo figuradamente, que antes de que los llevase al reino de la luz habían estado con él detrás del velo negro. Su propia tristeza, en efecto, le hacía tanto más apto para simpatizar con todas las oscuras afecciones del alma humana. Los pecadores clamaban a la hora de la muerte llamando a Mr. Hooper y no exhalaban su último aliento hasta que él llegaba. Y, sin embargo, cuando este se inclinaba sobre ellos, los moribundos se estremecían al ver cerca del suyo el rostro velado del pastor. ¡Tal era el terror que infundía el velo negro, incluso cuando ya la muerte había mostrado su faz! Algunos forasteros recorrían largas distancias para asistir a los oficios religiosos de Mr. Hooper, muchos de ellos llevados por el propósito de ver si podían atisbar algo de aquel rostro velado para todos los mortales. ¡No pocos de ellos se sintieron estremecidos y aterrorizados antes de partir! Una vez, durante la administración del gobernador Belcher, se encargó a Mr. Hooper el sermón de la elección. Cubierto con su velo negro delante del magistrado supremo, del consejo y de los representantes, las palabras de Mr. Hooper produjeron tan profunda impresión que las medidas legislativas de aquel año estuvieron caracterizadas por toda la gravedad y la piedad que había caracterizado nuestra forma de gobierno más antigua.

De esta manera, Mr. Hooper vivió una larga vida, irreprochable en todas sus acciones, aunque rodeado siempre por una atmósfera de equívocas sospechas; amable y bondadoso, aunque no amado por nadie y oscuramente temido. Era un hombre fuera del concierto de los demás hombres, eludido mientras se poseía salud y alegría, y solicitado en las horas de muerte y angustia. A medida que los años pasaron, coronando de nieve su velo negro, las iglesias de Nueva Inglaterra comenzaron a designarle con el nombre de padre Hooper. Casi todos los feligreses de edad madura cuando él se estableció en la aldea habían visto abiertas ya las puertas del más allá, y el pastor tenía una comunidad en la iglesia, pero otra todavía más numerosa en el cementerio. Hasta que un día, después de haber trabajado hasta ya entrada la noche, le llegó también al padre Hooper la hora del descanso.

En el aposento en que agonizaba el anciano pastor podían verse varias personas a la luz tamizada de la bujía. Aunque el enfermo no tenía parientes de ninguna especie, a su lado se hallaba el médico, tratando de aliviar los dolores del paciente, cuya vida él sabía que no podía ya salvar, los diáconos y otros miembros prominentes de la parroquia. También se encontraba a su lado el reverendo Mr. Clark, de Westbury, un pastor joven y celoso de su ministerio, que había cabalgado a toda prisa para poder prestar los auxilios espirituales al pastor agonizante. Estaba asimismo la enfermera, no una amortajadora cuyos servicios hubieran sido contratados, sino una persona cuyo afecto había perdurado vivo y cálido en secreto y soledad, a pesar del hielo de los años y sin que dejara de alentar a la hora de la muerte: ¡Elizabeth! La cabeza gris del padre Hooper yacía hundida en la almohada, con el velo descendiéndole de la frente sobre el rostro, de modo que el aliento entrecortado lo hacía a veces estremecerse. Durante toda la vida este trozo de crespón había pendido entre él y el mundo, lo había separado de toda fraternidad cordial y del amor de una mujer, manteniéndolo preso en la más lúgubre de todas las cárceles, en su propio corazón. Y todavía ahora caía sobre su faz, como para hacer más triste la penumbra del aposento, oscureciéndole la luz de la eternidad.

Durante algunos minutos antes, su cerebro había parecido confuso, oscilando entre el pasado y el presente y dirigiéndose, a veces, hacia la incógnita del mundo futuro. Había sufrido también convulsiones febriles que lo habían lanzado de un lado a otro, consumiendo las últimas fuerzas que conservaba. Pero incluso en sus contracciones más convulsas y en los momentos de mayor desvarío, cuando parecía haber desaparecido de él todo pensamiento, el anciano mostraba un cuidado constante en evitar que el velo se corriese a alguno de los lados. Y aun cuando su alma en delirio lo hubiese olvidado, a su cabecera había una mujer abnegada que, desviando los ojos, habría cubierto de nuevo aquel rostro trabajado por los años, que ella había visto por última vez cuando en él se anunciaba la madurez de la vida. Finalmente, el agonizante quedó inmóvil, sumido en una especie de sopor mental y de agotamiento físico, con un pulso imperceptible y una respiración que se hacía cada vez más sutil, excepto cuando una inspiración larga, profunda e irregular pareció preludiar el final de todo.

El pastor de Westbury se acercó al lecho.

—Venerable padre Hooper —dijo—, se acerca el momento de vuestra liberación. ¿Estáis dispuesto a levantar el velo que separa el tiempo de la eternidad?

El padre Hooper no respondió al principio más que con un débil movimiento de cabeza; después, pensando quizá que su opinión pudiera ser mal entendida, hizo un esfuerzo para hablar.

—Sí —dijo—, mi alma llevará sobre sí un gran peso hasta que este velo se alce.

—¿Y es justo —prosiguió Mr. Clark— que un hombre tan de oración como vos, que un hombre de vida tan inmaculada, santo en acción y pensamiento, a juicio, al menos, de los mortales, es justo que un ministro del Señor deje tras de sí una sombra que puede estigmatizar una vida tan pura? Yo os lo imploro, venerable hermano: ¡no consintáis algo así! Permitid que gocemos de vuestro aspecto triunfal, ahora que camináis hacia el premio merecido. Antes de que se descorra el velo de la eternidad, dejadme que aparte también este velo negro de vuestro rostro.

Y hablando así, el reverendo Mr. Clark se dispuso a desvelar el misterio de tantos años. Desplegando una energía que hizo que todos los presentes quedaran despavoridos, el padre Hooper sacó sus dos manos de debajo de las sábanas y las apretó convulsivamente contra el velo negro, dispuesto a luchar si el pastor de Westbury quería hacerlo con un agonizante.

—¡Nunca! —gritó—. ¡En la tierra, jamás!

—¡Por Dios, hermano! —exclamó aterrorizado Mr. Clark—. ¿Con qué horrible pecado va a presentarse vuestra alma al juicio eterno?

La respiración del padre Hooper se hacía fatigosa, produciendo un estertor en su garganta. Sin embargo, con un esfuerzo desesperado, tendió convulsamente sus manos hacia adelante y se sentó en el lecho, estremecido por el abrazo de la muerte, con el velo negro pendiéndole de la frente, lúgubre como siempre, pero más lúgubre en aquellos momentos en que parecían concentrarse los horrores de toda una vida. Y todavía la dulce y melancólica sonrisa parecía salir de su oscuridad e iluminar los labios del padre Hooper.

—¿Por qué tembláis solo por mí? —gritó volviendo su faz cubierta por el velo hacia los presentes—. ¡Temblad también los unos por los otros! ¡Me han evitado los hombres, las mujeres no han tenido piedad conmigo y los niños me han gritado y han huido de mí solo por causa de mi velo negro! ¿Qué es lo que ha hecho tan terrorífico este trozo de crespón, sino el misterio que tan tétricamente simboliza? Cuando el amigo muestra a su amigo lo más íntimo de su corazón, o cuando el que ama lo hace ante el amado; cuando el hombre tiembla ante la mirada de su Creador, siempre vigilando y ocultando el secreto de sus pecados, el hombre me parece un monstruo y bajo el símbolo de este monstruo he vivido y muero yo. Miro en torno mío y, ¡ay!, en cada rostro veo un velo negro.

Mientras sus oyentes se estremecían ante estas palabras, contagiados de un espanto mutuo, el padre Hooper se desplomó sobre la almohada, el rostro todavía velado y una sonrisa triste en los labios. Velado también fue introducido en el ataúd, y con el velo sobre el rostro fue entregado a la tierra. La hierba de muchos años ha crecido y se ha agostado sobre aquella tumba, la cruz de piedra se halla ya cubierta de musgo y el rostro de Mr. Hooper no es hoy más que polvo. Pero es horrible la idea de que se ha pulverizado debajo del Velo Negro.